哈佛經濟學家
推理系列

美國百所大學經濟系
指定課外讀物

邊際×謀殺

Murder at the Margin

馬歇爾・傑逢斯——著

MARSHALL JEVONS

譯——江麗美

經濟趨勢19

邊際謀殺：哈佛經濟學家推理系列

作　　者　馬歇爾．傑逢斯（Marshall Jevons）
譯　　者　江麗美
責任編輯　許玉意、林博華
行銷業務　劉順眾、顏宏紋、李君宜

總 編 輯　林博華
發 行 人　凃玉雲
出　　版　經濟新潮社
104台北市中山區民生東路二段141號5樓
電話：(02) 2500-7696　傳真：(02) 2500-1955
經濟新潮社部落格：http://ecocite.pixnet.net
發　　行　英屬蓋曼群島商家庭傳媒股份有限公司城邦分公司
104台北市中山區民生東路二段141號11樓
客服服務專線：02-25007718；25007719
24小時傳真專線：02-25001990；25001991
服務時間：週一至週五上午09:30~12:00；下午13:30~17:00
劃撥帳號：19863813　戶名：書虫股份有限公司
讀者服務信箱：service@readingclub.com.tw
香港發行所　城邦（香港）出版集團有限公司
香港灣仔駱克道193號東超商業中心1樓
電話：(852) 25086231　傳真：(852) 25789337
E-mail: hkcite@biznetvigator.com
馬新發行所　城邦（馬新）出版集團 Cite (M) Sdn Bhd
41, Jalan Radin Anum, Bandar Baru Sri Petaling,
57000 Kuala Lumpur, Malaysia.
電話：(603) 90578822　傳真：(603) 90576622
E-mail: cite@cite.com.my
印　　刷　宏玖國際有限公司
初版一刷　2006年6月1日
二版一刷　2016年6月7日

城邦讀書花園
www.cite.com.tw

ISBN：978-986-6031-89-2

售價：300元

Printed in Taiwan

〔出版緣起〕

快樂學經濟的方法——談談經濟小說

林博華

一般市面上的經濟學書籍，大多是照本宣科、或者強調嚴謹的邏輯思考，當然，這符合這門學科的要求，然而經濟學始終有進入的門檻，使得「經濟」常被學生們戲稱為「經常忘記」！

然而這一套「哈佛經濟學家推理系列」，宛如天外飛來一筆，而且一次三本！是運用推理小說形式所寫的經濟學小說。其作者馬歇爾．傑逢斯（Marshall Jevons）是筆名，源自兩位知名的經濟學家：馬歇爾（Alfred Marshall）以及傑逢斯（W. S. Jevons）。而真正的作者，是兩位美國當代的經濟學家，他們以推理小說的形式，夾帶了「文以載道」的經濟學觀念，於一九七八年推出了第一本經濟學推理小說《邊際謀殺》（*Murder at the Margin*），該書一炮而紅，受到經濟學界以及小說迷的關注。兩位作者再接再厲，一九八五年出版了《致命的均衡》（*The Fatal Equilibrium*），而後一九九五年出版《奪命曲線》（*A Deadly Indifference*），都頗獲好評。

這三部小說共同的主角是哈佛大學的經濟系教授亨利．史匹曼（Henry Spearman），他在書中將遭遇到離奇的兇殺案件，然後他運用經濟學的常識推理，漂亮破案。然而，這些小說並非著重在謀殺案的血腥，反而花費相當的篇幅來描述一位經濟學家在日常生活中如何觀察，充分體現馬歇爾曾說的，經濟學是「對人類日常生活的研究」。因此在作者筆下，關於日常生活的經濟分析隨處可見，藉以突顯經濟學家看事情的方法有何不同，並回到日常生活中印證這些經濟學概念。因此在書中我們會看到供給需求、機會成本、消費者剩餘、邊際效用等等概念的日常意義。

另外值得一提的是，該書主角史匹曼，在書中被描述成一個猶太裔、五短身材、頭頂微禿、固執、時常皺眉深思的樣子，一般評論都說他應該是以知名經濟學家米爾頓·傅利曼（Milton Friedman）為原型，只不過有一點不同：傅利曼是在芝加哥大學任教，不是在哈佛。而傅利曼本人也對《致命的均衡》一書讚譽有加，惟並未對此傳聞多做說明。

話說回來，經濟學家想要用小說來談經濟學，除了以上這三本之外還有後繼者。羅素·羅伯茲（Russell Roberts）所寫的《貿易的故事》（經濟新潮社出版）於一九九四年在美初版，獲得巨大迴響，這本小說主要是讓十九世紀的偉大經濟學家李嘉圖（David Ricardo）重返人間，並著墨自由貿易與保護主義的利弊，想要了解國際貿易原理的讀者，這是最佳入門書。之後羅伯茲還寫了《愛上經濟》（經濟新潮社出版），藉由一個愛情故事的外衣，讓一男一女在日常生活中不斷辯論經濟問題，而且男主角是教經濟的老師，教學方法極生動有趣，有助於激發學生的思考；近年來，羅伯茲還寫了《價格的祕密》（經濟新潮社出版），來闡釋價格機能，並提及經濟學家海耶克的思想。另外還有強納森・懷特（Jonathan B. Wight）寫了一本小說《搶救亞當斯密》（經濟新潮社出版），讓現代經濟學之父亞當・斯密還魂於世間，駁斥人們只知道《國富論》裡頭「看不見的手」，卻不知道他所關注的是人類幸福與道德的根源，藉以還原亞當斯密的完整面貌。

二〇一五年，台灣作家林睿奇發表了《肯恩斯城邦：穿越時空的經濟學之旅》（經濟新潮社出版），藉由奇幻的場景，引出「肯恩斯城邦」這樣的平行世界，各個城邦的合縱連橫與競爭，衍生出經濟、貨幣政策的衝突與危機，如何解決？對照全球經濟近年來的起伏震盪、與重大金融事件，別有一番滋味。

根據香港《信報》林行止先生在〈奇案中的經濟學〉文中所述，「《貿易的故事》在美國已是九十五所大專院校的指定課外讀物，《愛上經濟》也有二十五家大學採用，而《邊際謀殺》已打進四百家以上的學府。」可以說，隨著現代人和商業世界的關係日趨緊密，如何在紛擾的世界中找到自己的立場，應是重要之事，而經濟學的幫助非常大。經濟學的小說由淺入深，先從一個情境、一個日常生活的場景開始，可激發讀者的興趣和好奇心，即使是熟悉經濟學的老鳥，如果從嚴謹的原理和分析中跳脫出來，回到日常生活中的「人」身上去揣摩，轉換一下角度，說不定會有意想不到的收穫。

（本文作者為經濟新潮社總編輯）

目次

重要人物表（依出場順序排列）

亨利・史匹曼　哈佛大學經濟系教授。
佩吉・史匹曼　亨利・史匹曼之妻。
馬修・戴克　哈佛大學神學教授。
克提斯・富特　美國前最高法院大法官。
維吉妮亞・派丁吉亞・富特　大法官富特之妻，出身於牡蠣灣有名望的派丁吉亞家族。
菲莉希亞・杜奇思　患有「十三」數字恐懼症。嗜收集食譜，並集結成書。
哈森・岱克爾　退休將軍。菲莉希亞・杜奇思的表哥。
杜恩　月桂灣蔗園飯店領班。
維能・哈伯利　月桂灣蔗園飯店餐廳服務生。
傑・普維特　經營普維特礦產事業。

瑞奇・李門	鋼管樂團「特攻隊」團長。
道格・克拉克	醫生。個性木訥寡言。
朱荻・克拉克	道格・克拉克之妻。活潑健談愛跳舞。
華特・懷德	月桂灣蔗園飯店經理。
法蘭克林・文森	克魯斯灣警察局唯一的警探。
蘿拉・波克	美國人，月桂灣蔗園飯店唯一沒有旅伴的女性住客。
阿爾佛・布雷拉克	月桂灣蔗園飯店的格蘭班克號船長，專載客人往返聖約翰島和聖湯瑪斯島。
貝索・費休	美國喬治亞州人。

《邊際謀殺》是虛構小說，所有角色與探險故事都是虛構。
如有雷同，純屬巧合。

光是觀察你，就看見許多，
讓你知無不言、言無不盡，
並記下你沒說的話。

艾略特（T. S. Eliot）
《雞尾酒會》（*The Cocktail Party*）

前言

偉大的偵探，都有各自的辦案背景。福爾摩斯（Sherlock Holmes）是在愛德華時代英格蘭的晦暗巷道與巨廈豪宅；瑪波小姐（Miss Marple）[1]在英國鄉村；馬戈探長（Inspector Maigret）則在巴黎大道。他們不僅熟知地理，也清楚當地的機構與人民；他們了解周遭事物的運作，並體察當地人民的行為表現。

本書的男主角是神探亨利・史匹曼，他的背景又變了，這次不受囿於時空。他的辦案背景在理性者的腦袋裡，只要讓他們在達成特定目標的兩種方式之間做選擇，他們一定會選擇成本較低者。史匹曼透過理解這種人的行為，並假設書中人物皆理性，因而揭開謎底。

我們的神探是個經濟學家，服膺理性、目標極大化的行為模式，他的思想與行為，在在以

---

1 克莉絲蒂的推理小說主角之一。

理性掛帥。此外，作者馬歇爾・傑逢斯（Marshall Jevons）也是經濟學家，當亨利・史匹曼一時忽略，沒有說清楚他思想背後的經濟分析時，作者就會代勞。

史匹曼與作者在解謎過程中，從「理性」這個主題變化出許許多多的經濟概念，並加以應用。探討的內容包括：理性的人在選擇「工作」或「休閒」時的思考方式；如何為一本書訂定最適售價；為什麼有些人會和別人保持某種關係；產品的供給量和銷售量在什麼情況下會相等，以及不同個人的效用無法比較等等。

不過，以上所說的都是伴隨一個事實而來：發生了謀殺案，而我們不知道兇手是誰。史匹曼嚴謹應用極簡單的經濟定理，外加敏銳的觀察力，於是將兇手緝拿歸案。

故事的核心在一個謎：某人的行為無法令人一眼看穿，但我們不知道是什麼被隱藏起來了。

當史匹曼看見有人的行為**似乎**不太理性，不是以表面上最低的成本來達到目標，他就知道其中必有蹊蹺，暗藏有不為人知的目標或成本，只要史匹曼充分觀察這些顯然非理性的行為，就能夠推論出對方葫蘆裡賣什麼藥。

在不透露《邊際謀殺》結局的情況下，讓我舉個書上沒有的簡單例子（或許有點荒謬）。假設你在某家旅館的餐廳，看見有人在兩個看似相同的甜甜圈之間做選擇，一個十五元，一個三十元，結果，他選了三十元的甜甜圈，於是你就推想，這兩個甜甜圈在他看來並不相同。但是，假設你又看見他把你住的那家旅館裡所有的早報全買光，儘管理性的人通常只需要一份報紙，但你知道那份報紙的頭版新聞，是關於一尊印第安偶像前額上紅寶石失竊的消息，或許你會推論，這個三十元的甜甜圈裡，可能藏著那顆印第安紅寶石。

許多經濟學的入門課，都用《邊際謀殺》做為課外讀物，它引起初學者對經濟概念的好奇；教師也可以用這本書作引子，帶出比較正式的授課內容。專業經濟學家看著熟悉的原理用在不熟悉的環境，也得到一些樂趣；幾乎不懂經濟學的人，多少也能從中一窺經濟學與經濟學家的堂奧。

然而，《邊際謀殺》不是經濟學教科書，你不是為了學經濟而讀它，一如你讀柯南・道爾（Conan Doyle）[2]不是為了學習雪茄煙灰的化學成分，讀阿嘉莎・克莉絲蒂（Agatha Christie）不是為了學毒物學。書中的經濟學只是花架，不是劇情。

這是篇好看的本格派偵探小說，具備所有發展完備的必要成分。書中有幾個人被謀殺，讀者看過即可；緝拿兇手的興趣，不會因為看見他們死去而稍減。有幾個看似可能的嫌疑犯，有

2 福爾摩斯的創造者。

些解答的必要線索，藏在多如牛毛的環境與事件中。只要夠仔細且重視邏輯的讀者，在謎底揭曉前就該知道答案，但這樣的讀者少之又少。當觀察敏銳、分析力強的英勇偵探揭開「人是誰殺的」，讀者會承認自己並沒有被耍，並佩服作者的本領。即使不是經濟學家，也能享受其中的樂趣。

除了誰殺誰的謎團之外，本書還存在幾個謎。一開始，作者就警告我們，「《邊際謀殺》是虛構小說，所有角色與探險故事都是虛構，如有雷同，純屬巧合。」事實上，唯有當一本書如此貼近事實，以致讀者在沒有被警告的情況下可能信以為真，這時才有必要做此聲明。既然如此，有人或許會問，本書究竟有哪些地方與事實如此雷同，以致讀者察覺不出它的虛構性。

第一個謎題是作者的身分，內部證據顯示，馬歇爾・傑逢斯是經濟學家。不過，並沒有叫做「馬歇爾・傑逢斯」的經濟學家。馬歇爾（Alfred Marshall）與傑逢斯（William Jevons）都是偉大的經濟學家，但兩人分別於一九二四和一八八二年辭世。因此我們大可以說，既然本書最初於一九七八年發行，想必不是他倆的合著。

如今謎底揭曉。本書的兩位作者是布瑞特（William Breit）與艾辛格（Kenneth Elzinga）。艾辛格是維吉尼亞大學（University of Virginia）的經濟學教授，與布瑞特有過同事情誼；布瑞特如今在聖安東尼奧的三一大學（Trinity University）教授經濟學。兩人都是優秀的經濟學家，在經濟方面的著述和教學經驗都很傑出。顯然，兩人都是這一行當中，比較有想像力與創造力的一員。

布瑞特與艾辛格表示，寫這本偵探小說是「因為好玩」，也就是這觀念，讓許多經濟學家難以接受。如果有人問，世上的經濟學家何其多，為何只有這兩人寫出偵探小說？經濟學可以告訴我們的是，他們是從寫偵探小說中，獲得比其他事更大效用的「唯二」兩個人。話說回來，這只是用比較花俏的方式，來陳述這個明顯事實而已。

比較深層的謎題是，誰是亨利‧史匹曼？許多讀者遽下定論，認為他是傅利曼（Milton Friedman），原因在史匹曼是個優秀的經濟學家，矮小、「禿頭」，這些都是作者最愛用的字眼。不過，史匹曼在許多方面卻不像傅利曼：他在哈佛教書，娶了個「圈外」老婆，而且最不可能雷同的是，她叫「佩吉」。美國約有兩萬名經濟學家，其中矮小又「禿頭」的優秀經濟學者，肯定不只一個。所以，如果有個史匹曼的真實模型，他的身分將一直是個謎，至少對我來說是。

最後的問題是：亨利‧史匹曼的世界和性格，究竟有多少是真實、多少是虛構，以及作者想要我們思考這問題的哪些面向。我想，柯南‧道爾與克莉絲蒂都不會堅稱他們的偵探故事是完全真實的，但史匹曼與作者所描述的全然經濟理性的世界究竟有多真實，尚待經濟學家們討論。

書中有個地方說，有個不愛跳舞的男人，卻會跟愛跳舞出了名的妻子共舞。有人說，因為此人愛他的妻子；史匹曼則提出比較「理性經濟」的解釋，亦即這兩個人具備相互依存的效用函數（interdependent utility functions），男人因為她快樂而快樂。有人或許會覺得，不一定是這樣吧，除了「愛妻說」之外，還有沒有其他解釋？為了好玩而寫這本書的作者，是以賣弄經濟學來獲得一點樂趣嗎？

有個經濟學家，可能是克拉克（J. M. Clark）吧，曾經用嘲諷的語氣，指稱他所謂「對冷靜理性的非理性熱愛」。理性超越某個程度也許就不值得費事，甚至產生反效果，讓生活變得「不好玩」。

真實世界存在著非理性，為史匹曼帶來問題。他揭開謎底的方式，是相信如果有人的行為顯然缺乏理性，其背後一定隱藏某些理性思考，於是他設法去發掘出來。假如非理性的行為果真非理性，就好比無論佛洛伊德說什麼，雪茄說到底就是雪茄，那麼史匹曼的偵探方法就行不通。

因此，《邊際謀殺》裡有兩個謎。一是誰殺了張三和李四，另一是故事裡的理性經濟世界，和真實世界間有多少相似處。第二個謎使第一個謎更具吸引力，而非使之遜色。

赫伯特・斯坦（Herbert Stein），美國經濟學家，曾任職尼克森及福特總統的經濟顧問委員會

一九九三年三月二十二日

Chapter 1

「現在妳總算知道，為什麼鸚鵡也可以當個像樣的經濟學家了。妳只要教牠，對每個問題都回答『**供給和需求**』就對了！」亨利・史匹曼教授輕笑著，一面幫體態豐腴的妻子佩吉，坐上船艙的軟墊椅。他剛才用供需原理解釋計程車資，花六美元車資把他們連同行李，從夏綠蒂亞梅里機場（Charlotte Amalie airport）載到聖湯瑪斯島（St. Thomas）另一頭的紅鉤（Red Hook）碼頭。現在，他們就快到達目的地了。這艘船直接航向聖約翰島（St. John），不一會兒，史匹曼跟妻子就會在當初選定的度假地「月桂灣蔗園飯店」享用晚餐。

這一天，他們從紐約飛到維京群島（Virgin Islands）的航程還蠻累人的，原因是飛機暫時降落在悶熱擁擠的聖瓊安機場（San Juan airport）而造成耽擱。史匹曼心想，相較乏味的空旅，在清風息息的海上行船，應該愉快得多。

他並不反對搭飛機。事實上，他外出旅遊通常搭飛機，近年來，時間對他越來越寶貴，而他一開始放鬆心情，便愈能體認這點。當輪船展開橫跨匹斯堡海峽（Pillsbury Sound）的二十分鐘航程，史匹曼便想起「人算不如天算」的道理。最初他決定成為教授，部分是以為會有很多時間從事旅行、集郵與廣泛閱讀等興趣，而這些活動都與他的父親無緣，因為父親的工作需要長時間的投入。不過，如今亨利・史匹曼在經濟學界已經赫赫有名，因此他工作的時數，也與父親不遑多讓。隨著聲望日隆，要借重他的地方也越多，而他公開演講的費用、報紙專欄的稿酬，以及著作的銷售所得，也都隨之水漲船高。這種種的一切都呈現出矛盾：隨著荷包日漸飽滿，他自覺負擔得起更多休閒活動，但是和收入較低的那段日子相比，現在休假和各種休閒似乎都是可望而不可求。只不過，對了解「**機會成本**」的經濟學家來說，這點矛盾難不倒他。史匹曼每花一個晚上集郵，就得放棄一個準備講學、寫書或寫文章的機會，而這些都可能為他賺大錢。為求平衡，他決定把工作擺中央、休閒放兩旁。著作的銷售所得與各種出席費用越高，他的休閒成本當然也跟著抬高，結果休假天數少得可憐，集郵冊被打入冷宮，許多閒書也都束之高閣。

他始終很難跟家人解釋，自己究竟為什麼花那麼多時間工作，這是他父親從不需面對的問題。老史匹曼經營一家裁縫店，誰都知道那是做什麼的，東西在店裡製作，產品摸得到。至於報償與失望，則是用「利潤」和「虧損」來衡量。

然而，學術研究正好相反。身為學者，史匹曼教授的許多工作都是在腦子裡進行，或是低調地窩在圖書館。書和文章是他的產品，它們不會直接變成他的薪水；他的薪水在哈佛大學教職員當中數一數二，不像父親的所得，會隨市場的興衰而波動。

史匹曼剛拿到博士學位時也沒想到，準備授課原來只是工作的一小部分。哈佛就像其他大型高等學府，教師憑研究成果獲得獎勵，而不是授課表現。不過，史匹曼依然認真教學，他在課堂上的作風，有點類似早期的英國教師，真心相信人人都希望自己的思路被澄清，或者獲得導正。史匹曼喜歡追根究柢，令他的學生又愛又怕。幾年下來，那身型短小、童山濯濯的教授，已經廣為哈佛學子所知。他在課堂上，帶著學生進行靈活的經濟思考。他在教職生涯中最珍惜的榮耀，是大學生贈予的傑出教師獎。的確，他自忖，工作上的轉變出乎他意料。

過了約四分之一個海峽，史匹曼的白日夢被一個波士頓口音打斷。「史匹曼教授，可真巧啊。」

史匹曼教授和妻子雙雙抬起頭，抬得夠高了，此時看到一位骨瘦如柴、滿臉鬍鬚的哈佛同事，德高望重的神學教授馬修・戴克。史匹曼教授和戴克僅點頭之交，所以他只是佯裝很高興相遇。其實，在這裡遇到同事頗令他懊惱，因為他向自己與妻子保證，這將是一次遠離一切的旅行。

史匹曼教授不動聲色地說：「佩吉，妳還記得戴克教授吧？」

「很高興遇見你。」她輕聲說，但面對眼前這位「程咬金」，她與丈夫的感受相同。

史匹曼偶遇戴克的不悅，與戴克遇見史匹曼的驚訝同等程度。誰不知這位經濟學家行住坐臥皆不離本行，實在不像會來加勒比海度假的人，戴克心裡直納悶著。

「世上的經濟問題多如牛毛，真難想像你們這些經濟學家還有空度假。」

「也許你沒聽過，」史匹曼教授莞爾：「經濟學家們剛開過會，一致決定世上問題終究屬於精神層次，所以大夥決定置身事外，這會兒輪到你努力工作了。」

戴克開懷笑了，一面把自己六呎七吋的身軀，「塞」在他們對面的座位上。史匹曼的機智應對，正是他的一貫作風。在教職員當中，他的反應靈敏無人不知，但是關於這事，史匹曼教授只是半開玩笑，因為他剛從紐約市的年度全國經濟學人會議回來，當選為經濟學學會主席的他，最主要的職責是籌畫會議，決定該提出哪些學術論文的題目。就是這項嚴酷的任務，使他滿心不願地決定自己要找個地方先放鬆一下。

史匹曼向戴克做了這番說明。戴克說，他這回來到維京群島，是公幹兼休閒，希望身在景色優美的知名月桂灣度假村，有機會用上「因時制宜的道德觀」（contextual morality），他是這方面的支持者。近來島上的種族動亂令戴克相信，或許他的道德方法，可以為計畫撰寫的種族與道德著作找到一些有用解釋。

戴克教授的處女作《新道德案例》甫出版便造成轟動，因為這般結論出自神學教授筆下，似乎頗具爭議性。這本書成了暢銷書，原因是作者將神學的學術語言，與青少年次文化的流行語聽明地結合起來。這種結合事後證實對讀者極具吸引力。不過，史匹曼知道，戴克在神學院的較年長同僚，都認為他是通俗神學家。

隨著戴克開始暢談他打算著手的研究，史匹曼原本希望優閒乘船穿越匹斯堡海峽的心情也開始往下沉。因此，當服務生宣布航程中的冰茶一杯一美元時，著實讓史匹曼鬆了口氣。史匹曼教授立刻在下意識算了算，這對大多數人來說，都是自然的第二天性，而其間其實暗藏一系列的複雜步驟。他寬廣前額上的眉頭揚起，檢視高櫃上的盤子，每個杯子裡，都點綴一片新鮮萊姆。

「請給我一杯。」史匹曼說。佩吉也跟進。

買杯茶是個看似簡單的決定，然而史匹曼做出這項決定，其實包含如下閃電般的算計推論：預期這杯冰茶可能為他帶來的滿足感，會超越以那個價格購買其他物品得來的喜悅。

史匹曼在注意到冰茶旁邊的萊姆之前，他一直處於**邊際**上。換言之，他給予一美元的價值，等於一杯沒有萊姆的冰茶之於他的價值。就是那一小塊萊姆，讓天秤傾向購買的一方。

一般人自然而然進行這些心理程序之後，便去關切旁的事。心理學家也許會稍稍留意這些心智運作過程，同時心底讚嘆人類大腦的神奇力量。然而唯有經濟學家可以自稱是在執行一項科學，它幾乎完全構築於這項推論的前提之上。史匹曼記得，他還在哥倫比亞讀研究所時，發現懷德海[1]的引文時有多興奮，在那之後便經常引述給學生：「文明的進步，在於我們不假思索便能進行的重要行動越來越多。」當時，這句話令這位初出茅廬的經濟學家，想像消費者與製造商文明的高度進步而獲得滿足。那是經濟學家的領域。

他們帶著冰茶回座，戴克教授繼續獨白。此時，史匹曼教授甚至不再掩飾對戴克談話內容的不耐，他寧可將注意力留給外頭的岩礁、天空和海水匯集而成的如夢似幻的美景，它竟恰巧近似那些新手畫家的業餘風景畫作。每每遇到這種場面，史匹曼總因為妻子佩吉在場而輕鬆不少，他的婚姻有個好處，就是妻子有能力撐下一段他已經失去興趣的談話。佩吉出身教授家庭，和戴克這類人士談笑是她的第二天性。史匹曼一路研究著熱帶美景，在船舶的嗡嗡聲中，還聽得見妻子適時插上一句「真有趣」和「可不是嗎」，為戴克的獨白添料。

船舶趨近飯店甲板。乘客間的對話聲越來越小，大家都期待能趕快拋開旅途的勞頓，搖身成為舉世知名的大飯店賓客。船長靈巧地把船靠到碼頭邊，一位船員將纜繩拋給在岸邊等候的年輕人，再由他把船綁在岸邊。鋁板滑向碼頭，精力充沛的女服務生帶著一面寫字板，神采飛揚地上船歡迎賓客。

---

[1] 懷德海（Alfred North Whitehead），英國數學家暨哲學家。

她先自我介紹，歡迎大家光臨月桂灣，接著唸過一串旅客名單。船上八名乘客，包括史匹曼夫婦與戴克，很快都出現在名單上。史匹曼暗自佩服飯店的效率，他知道即使是老練的旅人，在知道目的地有人等著自己、訂房沒出差錯時，也不禁會鬆一口氣。史匹曼攙扶著妻子走下踏板，兩人隨同其他剛抵達的客人一起走向飯店櫃台。

至於戴克教授，則還在後頭跟船員閒聊，一面對著他的哈佛同事喊道：「但願你能找到此行想要的寧靜。」

「他會的，」經濟學家的老婆回答：「我會幫他看著。」

❖ **供給與需求**（supply and demand）：需求與供給是市場運作的兩個主要元素。在市場上，不是製造商隨便生產一項貨品，便可以銷售出去，而是必須有人對某種商品有需求時，廠商依其需求來生產製造商品，此時需求與供給相互符合，市場均衡才能決定出商品的價格與數量。供需均衡點隨著外在經濟因素變動，例如原料成本、市場競爭的程度影響消費者的需求以及供應商的意願。供給與需求被認定為經濟學原理，一般稱為供需法則。

❖ **機會成本**（opportunity cost）：當我們做一件事情時必須放棄做另一件事情的機會，而這第二件事情所帶來的利益就是損失了的好處，也就是機會成本。亦即從事一項經濟行為所需放棄的最大代價。

❖ **邊際**（Marginal）：邊際的意思是「最後加上去的那個單位」。例如農人生產一批批的蔬菜，最後生產的那一批蔬菜，即是蔬菜的邊際生產量。而一種貨品之邊際效用（Marginal Utility），即指該貨品之消費量發生微小變動時，所引起的總效用（total utility）之變量。在不同的消費量之下，邊際效用可能大於、等於，或小於零。基於消費者理性化的假定，他將在總效用有正的增量時（即當邊際效用為正時），才願意增加貨品之消費。當邊際效用為負時，該物總效用反而隨消費量的增加而降低，該物對消費者來說，乃變成一種討厭的東西。就經濟理論而言，財貨的價格決定於其邊際效用而非總效用。

Chapter 2

長久以來，月桂灣蔗園飯店在飯店鑑賞家眼中一直居於世界頂尖的地位。飯店的所在地原本是座甘蔗園，糖廠廢墟位在山坡上俯瞰整座飯店。飯店幅員數百畝，有精心設計的庭台樓榭，也有穿越天然群木的森林步道，可以遠眺聖約翰及臨近的沙洲礁島。

史匹曼夫婦辦完登記並進入小木屋時，天色已近黃昏，因此在這抵達的頭一天，他們只能淺嚐當地美景，不過，兩人並不因此感到失望。對他們而言，只要能換下頹萎的旅行裝束，洗個提神的冷水澡，知道旅程安然結束，就已經夠愉快的了。史匹曼夫婦打開行李，換上晚宴的服裝，離開小木屋，朝飯店雞尾酒大廳而去。

月桂灣蔗園的雞尾酒時間，是在俯瞰法蘭西斯德雷爵士海峽（Sir Francis Drake Channel）的陽台上舉行。向晚時分，夕陽反射在過往船帆，微風中略帶鹹味，還夾雜著梔子與萊姆的香氣。

「不就是夕陽裡的紅帆嘛。」看見陽台上的史匹曼夫婦正享受眼前美景，戴克教授不禁如此說道。誰都見過這種對大自然之美無動於衷的人，哪怕是無與倫比的美景。戴克便是其一，但並非因為他已經看多了。戴克的父親曾是南伊利諾州摩拉維亞教會（Moravian church）的牧師，因此他的成長環境，跟雲遊四海完全沾不上邊。眼前這個超級世故的角色，是他進了研究所之後才開始扮演的。

「我建議你們喝農家樂，」戴克繼續說道：「那是我最愛的雞尾酒，加了三種蘭姆酒，還放了肉荳蔻仁。」

「聽起來蠻有意思，」史匹曼回答：「不過，我想先看看還有什麼別的選擇。」

佩吉覺得戴克的提議很吸引人，但她知道丈夫要求看酒吧的菜單，是想了解他們的選擇。她的丈夫還想看每種飲料的價格，再決定哪一種選擇可以帶來最大的滿足。

「我要來杯椰林風情。」史匹曼對侍者說。

雞尾酒時間，史匹曼冷眼觀看其他人的市場行為以自娛。對經濟學家來說，這件事特別有意思的地方，在於飯店為雞尾酒訂價的方式：五點到六點（也就是所謂的友好時間），飲料全面半價；六點後，所有飲料即恢復原價。

服務生端著他們的飲料過來，亨利・史匹曼簽了帳單。他對妻子說：「我們待在這裡的這段時間，希望可以在友好時間早點過來，我想要觀察較低的價格，對大家飲用雞尾酒的速度有什麼影響，這是目睹**需求法則**的大好機會，也就是說，價格愈低，喝得愈多。」

佩吉並不怎麼喜歡這些基礎經濟學原理，她發出不平之鳴：「我還以為，這次度假不談經濟學呢。」不過，她知道自己的告誡起不了任何作用，因為老公此刻正忙著觀察其他客人，史匹曼太太對此早已習以為常，還記得他們第一次約會時，亨利還是個大學生，他可以整晚專注於觀察別人的經濟行為，幾乎完全無視於她的存在。她的丈夫甚至不時針對多數尋常活動，開發出新的經濟學理論，這些事在佩吉看來是普通得可以，但是對丈夫來說，卻都像是難解的謎。當他滿心期待提出這些理論，想要試探她的反應時，她總看不出他的發現有什麼意義。不過，這並不會危及他們的婚姻，佩吉在經濟學上的天真單純，是兩人樂趣的來源。

這晚史匹曼暗自忖度，在這減價時段，戴克教授不知會多喝多少杯農家樂？史匹曼在短時間內便觀察到，戴克即使在原價時段，就已經買了三杯。

教授的思緒被戴克冷不防的問題給打斷：「對了，你們有沒有聽到那個壞消息？」

「什麼消息？」佩吉問。「要變天了嗎？」

「不，我說的是一個真正的悲劇。我在今天的《紐約時報》上讀到，富特法官要來月桂灣。」戴克教授和多數的美國東岸學者一樣，每天必看《紐約時報》。

「這點讓你感到很不愉快嗎？」史匹曼問。

「當然，」戴克回答。「這個人對美國司法的影響，堪稱是惡貫滿盈，無恥到極點！」戴克顯然怒火中燒，說起話來像連珠炮似的。「你們知道的，他才剛辭職離開法院。《紐約時報》

說，他最後寫下的官方法案，是關於某個案例的多數決，允許一個偏執的商家，可以光憑種族來判斷是否拒絕某些顧客。現在他就要來到這裡，享受他壓迫的那層級人的伺候。」

富特是來自美國中西部某州的參議員，因為公開反對之前十年較自由開放的人權法案潮流，而聞名於世。但是，真正令他成為全國矚目的人物，是他在法律與秩序的議題上大獲全勝。

在社會動盪的年代，美國總統發覺受到強大壓力，必須任命富特進入最高法院。短短四年間，富特成功讓大眾接受自己的意見。其做法是將充滿魅力的演說、對平面媒體的細心了解、具說服力且多少帶點報導文學式的寫作風格（這點恰與同僚較刻板無趣的法條式寫作形成對比）等等，做出巧妙的結合。有人懷疑他的強勢作風，會威迫到最高法院另外兩位比較怯懦的同僚。幾星期前，當他出人意表地宣布辭去最高法院職位，媒體便懷疑他打算籌備競選總統。然而，富特並沒有做出任何粉碎這項傳聞的表示。

戴克還在數落克提斯•富特的不是，史匹曼卻開始坐立不安起來。在他的心目中，這是一種歷史的惡魔理論，每當有人信奉這套理論，他就會感到些微不安；他的經濟素養告訴自己，社會現實其實更為複雜，不只是個人問題。但此刻有人拉拉他的袖子，使他免於參與更進一步的討論。

「我餓扁了，」他的妻子說。「去吃晚飯吧。」

月桂灣的餐食設在靠近月桂灣海邊的用餐區，得從雞尾酒露台搭乘短程巴士。從東邊穿過一道雙扇大門入口，而敞開的門是以鍛鐵的鉸鏈鉤住，這早在種蔗糖的時期就已維持至今。餐廳的屋頂為拱形，有兩面是完全開敞的，觀光客可以盡覽四周風光，享受海風輕拂。每當西方或北方有暴風雨來襲，服務生就會將滑動玻璃門關上，直到風雨過去。向南的第四面，則是朝飯店的廚房開啟。

飯店領班將史匹曼夫婦帶到座位。史匹曼教授拿起盤子上的菜單，頗為讚賞地點點頭。

「我都忘了晚餐有七道菜。」

「如果要吃完全部菜色，就需要很多運動。」妻子補了一句。

「太棒了，我正好需要運動。」因為他已經決定要去盡情潛泳和健行。接著他填好點菜單，服務生看著菜單，喃喃自語：「讓我重覆一遍，你點了朝鮮薊心、蘭姆酒李子湯、蔗園沙拉、海豚、萵苣菜、凍果汁露，以及卡門貝爾乳酪。」史匹曼太太也點了一樣的菜色，除了蘇格蘭傳統蒜苗雞湯。

服務生離去後，史匹曼好奇地環顧餐室。應該是旺季，卻有一半桌子空著。

「看來今晚肚子餓的人並不多。」妻子如是說。

「我想，客人的多寡和肚子餓不餓一點關係也沒有。這家飯店的住房率很低。這些日子以來，人們都很怕來到維京群島。」

「為什麼會這樣？」佩吉問，眼睛再度掃視餐廳。

「因為種族動亂。聖克洛伊島和聖湯瑪斯島上發生一些蠻糟糕的事。據我所知，來自加勒比海其他島上的外國人，在美國激進派黑人的教唆下，老是找觀光客和有錢新居民的麻煩，他們甚至離譜到殺了一些聖克洛伊島的觀光客。」

「天哪，真希望我們平安無事。」

老公的回答讓她放心：「別擔心，月桂灣這裡還沒出過事。」這時服務生端來第一道菜，兩人馬上忘了群島上的政治問題，開始享用飯店的精湛廚藝。

送上甜點時，領檯正帶著一名女子來到附近的位子就座。這名女子有著運動員的外表，身形高大，頗具姿色，但顯然心事重重。從她古銅色肌膚看來，或許已經在這飯店住了好一段時間。

「為什麼會有女人想獨自來這種地方？」

「也許她重視獨處的時間，」史匹曼一面品嚐果汁露，一面回答妻子。「這當然是個普遍的喜好，有人曾經稱之為『光榮孤立』（splendid isolation）[1]。或許她就是喜歡孤獨，尤其喜歡到聖約翰島獨處。」

「還不是一樣，來這兒獨處未免也太貴了點。」佩吉說。

那女子發現自己正被人議論著，於是朝史匹曼夫婦拋來不悅的眼色，兩人受到適度懲罰，於是靜靜吃完餐點，離開用餐區往北而去。他們在那兒可以搭上飯店的迷你巴士，專門載客人到小木屋所在的各個海灘。史匹曼夫婦住在玳瑁灣（Turtle Bay），那是飯店所屬的七處海灘之一，海灘因特色而得名。「玳瑁」是飯店取的綽號，七處海灘裡，這裡是最適合潛泳的淺水區。

搭乘巴士不到十分鐘的時間，就抵達玳瑁灣。下車後，史匹曼夫婦步行十五呎，就可以來到他們的單房小木屋。

小木屋屬於建築群中的一棟，建築風格和當地的熱帶背景自然而然地融為一體，渾然天成。他們立刻就喜歡上四周的隱密與單純。室內附有旅館提供的特殊設備，包括英國香水肥皂、新鮮火鶴花、一瓶克魯贊牌（Cruzan）的萊姆酒，外加每天更換兩次的浴巾和海灘巾。由於他們的小木屋緊臨海邊，海浪拍打在沙上的聲音，成為極具催眠效果的背景音樂。濤聲非常柔和，因為他們的海灘位於寬廣安靜的海灣，就像小木屋外的半月。

「我還在想剛才在餐廳遇到的那名女子，」佩吉・史匹曼說。她把剛才試圖專心閱讀的書擱在床邊。「你覺不覺得，我們當時應該邀她共進晚餐？她看起來好緊張，而且一個人孤伶伶的。」

亨利・史匹曼卻沒有聽到妻子的建議。在涼爽微風和具催眠作用的潮聲裡，旅途勞頓的他早已沉沉入睡了。

1 十九世紀六〇年代到廿世紀初年，英國的外交政策，表示不捲入歐洲政治漩渦。

❖ **需求法則**（Law of Demand）：即在其他情況不變下，若財貨價格下降，財貨的需求量會增加。反之，若財貨的價格上升，則財貨的需求量會減少。換言之，商品的需求量與其價格呈反向變動關係。

Chapter

3

在月桂灣，名人到訪並不新鮮。事實上，總統、國王和電影明星等等，都會定期來訪，利用這有益健康的環境。即使如此，克提斯・富特的到來，依然在工作人員和觀光客之間引起不小的騷動，尤其是女性。他是那種酒類廣告中的名人典型：向後平梳的濃密黑髮、花白鬢角、清澈的黑眼珠，以及帶著酒窩的國字臉，神似年輕時的卡萊葛倫（Cary Grant）[1]。女性都因為其粗獷英俊的外表和職位的重要性，而對他深深著迷。

克提斯・富特的法律哲學，和早期的首席大法官羅傑・塔尼（Roger B. Taney）頗為類似。富特一如塔尼，高度強調實體財產權的神聖，而且都對聯邦政府的權力抱持懷疑，以免它們的力量太大，危害到人民的權益。然而，富特與塔尼不同之處，在於富特並非生於鄉紳之家，他雖出身鄉間，家境卻只是小康，因此最高法院的評論者，都無法理解他的法律哲學究竟是如何形成的。

話說回來，這位大法官來到月桂灣的確是有點突兀，因為他的休閒品味較偏向登山或泛舟，他曾經是奧運的獨木舟選手，只是沒拿到獎牌。他的妻子婚前名為維吉妮亞・派丁吉亞（出身牡蠣灣的派丁吉亞家族），她的身材嬌小，女性優雅掩蓋了便給口才，她還以暴躁聞名。

「裝潢這座大廳的，一定就是梭羅請到華騰湖去的那位。」富特太太沒好氣地說。

「來這兒度假可不是**我的**主意。」丈夫回答。

「如果是**你的**主意，我們就會像泰山和珍一樣，在非洲的樹藤上盪來盪去。」

有時候，維吉妮亞的刀鋒進出太快，大法官被劃一刀都不自知，不過，這回他明顯感覺到屈辱，一張臉漲得老紅。他知道對派丁吉亞家族的人來說，高等法院大法官的身分，基本上是絲毫不具任何社會地位的。更何況維吉妮亞・派丁吉亞・富特也不同於一般女性，她對他在運動上的長才不屑一顧，因此她提到泰山，是想當面給他難堪。

「難道我們就不能私下在房裡討論這個問題嗎？」克提斯・富特一臉尷尬地說。

「不過，親愛的，」妻子的語氣尖刻：「我以為你講話的時候，老喜歡有一票聽眾呢。」這世上唯一能帶給克提斯・富特不安全感的，大概就只有他的妻子了。

富特夫婦進住的那一排小木屋幾乎就建在海灘上，彼此間只用馬尾藻和高大的椰子樹分隔開來。房間每面都有百葉窗和紗窗，讓溫柔的海風透進來。天花板的吊扇在頭頂上靜靜旋轉，令人憶起亨佛萊・鮑嘉（Humphrey Bogart）和辛尼・格林史區（Sidney Greenstreet）所主演的

---

1 好萊塢知名影星，代表作有《金玉盟》、《北西北》等。

電影[2]。套房是以編造的竹子和柳枝裝飾，且為了維護飯店重視寧靜的聲譽，室內沒有電視或收音機，最近的電話在飯店大廳的服務櫃台。

「希望兩位在這兒住得愉快。」服務生將富特夫婦和一大堆行李送到這間兩房的小木屋後說。富特太太最近在她最愛的服裝設計師那裡大有斬獲，幾乎需要一整個房間才裝得下她的衣服。

「飯店附近你有建議什麼好的慢跑道嗎？」年輕的服務生正打算離去，大法官如此問道。面孔黑如檀木的服務生不太確定「慢跑」是什麼意思，於是回答：「蔗園周圍有些步道，先生。」

「應該可以吧。」富特大法官說，心下已經開始盤算各種方法，來滿足他想維持身體狀態的欲望。

第一天，他到所有步道都試了一試，最後決定鷹巢點（Hawksnest Point）最能符合他對步道長度與難度的要求。鷹巢點長約三哩，有條曲折小徑，有濃密的樹叢和森林，還有陡直落入水中的石壁。小徑垂直蜿蜒上行約三百呎，間或有些奇花異草，有心人在那山石嶙峋、樹根起伏的步道上，可以發現松脂、甘草、竹子和桃花心木，其中以木棉最為顯眼，白色樹幹望去有如象皮，樹根則朝四面八方伸展，彷彿在向其他植物貪婪地宣示領地。

這條小徑另一個值得一提的特色是所謂的「吹風管」（blowpipe），那是座天然斷層，就在路邊的一面高聳石壁中，楔形斷層橫幅約三呎，看似硬生生從懸崖上挖鑿下來。輪廓分明的岩石結構向下延伸至水中，漲潮時海水衝進斷層，將空氣逼進管中，這斷層便發出一種詭異的「咻咻」聲。

大法官每天一早和傍晚時分，都會在這小徑上慢跑，有如時鐘般準確。而這已經成為大夥茶餘飯後的話題，也不難見到有些客人在路的盡頭等待他出現。

道路狹窄的地方只許一人容身。大法官就是在這樣的地方，偶遇正在晨間漫步的史匹曼教授。教授退到一旁，讓速度較快的大法官先過。

「謝了。」大法官說，看上去稍顯疲累。

根據史匹曼本身的說法，慢跑這件事並不在他的**效用函數**裡，於是他開始思考消費大眾的多樣品味。他想，凡是如此快速在這小徑上前進的人，必然錯失沿途的自然景觀，甚至懷疑這位大法官，是不是連木棉樹或吹風管都沒看到。

不過，史匹曼教授錯了。富特法官在華府的秘書，每天受命將老闆的日常活動都鉅細靡遺

2 應指《北非諜影》（*Casablanca*）。

地記錄下來，舉凡每個約會、每通電話，以及富特出庭時間的安排，這一切她都一絲不苟地留心記錄。記錄日常瑣事是達官顯要的作風，況且富特喜歡它為生活所帶來的秩序感，他甚至連度假時的種種偶遇和心得都不放過。因此，他的觀察力要比一般人犀利得多。連木棉樹、吹風管等等，都被他看在眼裡，就連他在路上和這名矮小禿頂的男子擦身而過，當晚都被寫進日記裡。

「都寫好了嗎，親愛的？我知道未來世代虧欠你很多，因為你為他們記錄了你今天所做的每件事。」

每當維吉妮亞・派丁吉亞・富特看見丈夫在寫日記，總是不放過任何發言機會。她認為丈夫太過自我，而寫日記就是另一個明證。富特太太看著鏡中的丈夫，她坐在梳妝台前，優雅地梳理那頭金棕色長髮，然後塗上一層龜油晚霜。

富特大法官完全無視於她的評語，繼續書寫。每當妻子處於這種情緒時，他知道自己最好閃開。然而她卻窮追不捨，此刻暫停臉部保養，直盯著大法官瞧。「遇見你之前，我還以為只有十幾歲的少女才會寫日記咧。」

克提斯・富特並不覺得好笑。他寫完日記，闔上本子，走到床邊。「如果妳以為，我今晚想跟妳玩那種吳爾芙[3]的遊戲，那妳可就大錯特錯。」富特坐到床上，脫下拖鞋。妻子的難伺候總令他疲憊，此刻他靜靜看著她做完臉部保養。

維吉妮亞・派丁吉亞・富特的情緒瞬息萬變。「晚安，我的愛。」她溜進自己床上的被子，甜美地說道。富特大法官嘆了口氣，躺到枕頭上，把燈熄了。

❖ ❖ ❖

飯店其他小木屋裡，例行事務卻不盡相同。例如，十二號小木屋的菲莉希亞・杜奇思太太發現，年紀愈大就愈難入睡，因此夜裡有大半時間都在做睡前閱讀。「我老了，」她心想。她的腿因為長時間站在克魯斯灣（Cruz Bay）的水泥碼頭上而疼痛不已。「我真的不能再去那裡了，」她自忖。「對我的健康有害。可是，」她嘆口氣：「我卻身不由己。」

她住在十二號小木屋並非偶然，而是刻意安排的。她剛來島上的時候，飯店不知道她患有「十三」恐懼症，結果不小心分配了十三號小木屋給她。自有記憶以來，她就對「十三」這個數字懷有恐懼，因此盡可能不去接觸心裡的這個倒楣數字。

她一邊閱讀，一邊聽著小巴士的聲音。車子很準時，因此杜奇思太太可以根據小巴士的往

---

[3] 維吉尼亞・吳爾芙（Virginia Woolf）是英國當代小說家、散文家及文學評論家。

返，來計算每一刻鐘。不久，她就知道現在是午夜過後幾分鐘，因為她聽見前往玳瑁灣的最後一班巴士，來到這一站暫停。

不只是車輛的聲音很準時。她的表哥是已退休的哈森•岱克爾將軍，他總會搭上這午夜的最後一班巴士。此刻她聽著他的腳步聲朝他的小木屋而去，他堅持要十三號，說它的地點最好。然而，她覺得這位將軍之所以選擇十三號，只是為了賭氣罷了。

❖ **效用函數**（utility function）：效用是指在特定期間內，消費一財貨所感受的主觀滿足程度；其用途是作為描繪偏好（preference）的方法。效用函數則是指，對每一組消費組合給予特定數值，愈喜歡的組合其數值愈高。

Chapter 4

岱克爾將軍很難伺候；服侍他的人都這麼說。他總是要一切都能合他的意，因此送上來的蛋，如果煮的時間比他要求的多或少個幾秒，服務生可就要倒大楣了。身為將軍，他已經習慣別人服從他的命令，因此即使置身平民生活，服務他的人，也必須戰戰兢兢，不能有分毫差池。

準備岱克爾的早餐是件浩大工程。餐桌一定要選在餐廳的東側角落，因為他認為那邊的光線最好，有助於細細考究每道餐點。他會在九點準時到達，之前的幾分鐘，總會有些侍者、領班、飯店經理急忙穿梭來去。這個時刻，廚房裡的人必須注意將軍抵達的時間，事先警告廚師，這樣他們就可以在將軍一入座，便幾乎同時將他的三分鐘蛋端到他面前。

「您早上好嗎，岱克爾將軍？」領班杜恩熱絡地問。

「你應該更關心你的服務生好不好。昨天維能把我的吐司烤得太淡，培根又煎得太焦。還有，我的桌上竟然沒有煙灰缸！」

「我們今天會改進的，將軍。」杜恩回答。岱克爾無語入座。

接下來是場小小鬧劇。他預訂的蛋立即送到眼前，但在進食前，他又點了其他菜，他要的東西都必須同時送上桌。最後擺在他眼前的，是兩杯不同的果汁、一碗冷麥片粥，裡頭有香蕉、培根、吐司和脫脂牛奶。全部送來後，維能後退等待將軍檢驗。這些食物很少能第一次就過關。

他低沉的聲音宣布：「木瓜汁太冷，拿回去。還有，等一等，鳳梨汁也要拿回去，顯然不太新鮮。跟廚師說，我要剛剖開的新鮮鳳梨汁。」

侍者換了果汁回來時，將軍又判定廚房處理的冷麥片粥也不怎麼樣，因為香蕉帶有難以彌補的缺陷。面對這糊稠的香蕉，將軍必須很努力按捺住脾氣。

「我還以為可以在加勒比海吃到像樣的香蕉，可你看這裡軟趴趴的。」

侍者全無異議取回那惱人的粥碗，趕著回到廚房。之後將軍做了件值得大書特書的事，他小心用指尖捏起每片培根，舉到燈光下細細檢視。他認為培根不該煎太久，看它的透明度就知道，只要模糊不清的，一概退貨。

吐司的儀式比較沒那麼講究，重點在顏色。將軍在咖啡色、深咖啡色與燒焦之間畫出細細的線，大廚也要能描摹得出才行。在一系列光譜中，只有深咖啡是可以被接受的。

最後一個項目的主要標準只有新鮮度。將軍知道，餐廳裡的脫脂牛奶不太常有人點，所以只會留有些許庫存以應付偶發需求。對岱克爾來說，擺放三十六小時以上的脫脂牛奶便無法入口，他老說牛奶餿了，侍者卻一概否認。嚐一嚐便知。

為將軍送上牛奶的時候，總會引起眾人側目。侍者擺出一副葡萄酒專家的姿態，先倒出足以覆蓋玻璃杯底部的牛奶，然後後退一步，看岱克爾將軍舉起杯子細心旋轉，以捕捉足夠燈光，接著緩緩將玻璃杯送到唇邊，先吮個一、兩滴，讓牛奶停在舌尖，接著滲入味蕾。品嚐這液體的時候，將軍總是閉上眼，彷彿在冥想似的，之後才吞嚥入喉。唯有當他看著侍者，點了頭，才能注滿一杯。

一旦餐點完全符合他精確的規格，岱克爾將軍便滿意地靠著椅背，打量他的早餐。但他這時還不會立刻啟動刀叉，還有最後的儀式要進行。他動手將每個杯盤來回推移到不同位置。對隔壁桌的人來說，這些妖術也許都顯得難以理解。但在岱克爾的想像中，他的餐桌已經化為戰場，每道餐點都成為一組軍團，各就戰略位置迎敵，在一切操演完成之前，是不能用餐的。完事後，緊張的表情離開他的臉，全身都放鬆了。於是他優閒地吃完早餐。

果不其然，岱克爾的表演受到其他客人的注目，有人嗤之為裝模作樣，但對其他人，就拿普維特礦產事業的傑•普維特先生來說吧，覺得將軍蠻令人敬佩，自己也很想引起他的注意。普維特一有機會就來找將軍。此人私下的不安全感已經使自己兩度情緒崩潰，而這也很可能是導致他第一任妻子自殺的原因（雖然當時有些如謎般難解的情境）。在新婚妻子的陪同下，普維特希望有威嚴的將軍在場，可以強化他有自信的形象，這是他努力想讓新婚妻子等人看到的，只不過將軍不合作。

「杜恩，我們能不能先繞到岱克爾將軍的桌邊，再去我們自己的位子，我想跟他說說話。」普維特說。普維特頗有舞蹈老師的架勢，由領班護送來到岱克爾桌邊。

「將軍，有件事您也許會感興趣。早上我去潛泳時，遇見一條鋸峰齒鮫，也就是梭魚啦，就在靠近史卡灘（Scott Beach）外海的珊瑚礁。我就想到啦，海岸防衛隊花了數十億美元研究梭魚，以了解如何讓這條大魚從靜止狀態開始快速前進，您也許知道負責這項計畫的人是誰。他是我朋友，諾頓上將。」

岱克爾將軍不太能忍受愚蠢的人。享受清晨盛宴的時刻，最好完全不受干擾。他尤其痛恨受到他所謂「無知狗腿族」的打擾。

「普維特，」他說，中氣十足的聲音響徹餐廳：「你這人挺無厘頭的，但我不能再讓你這麼胡言亂語下去。你遇到的是鋸峰齒鮫，研究這魚的是海軍，花在那計畫上的錢是六百萬美元，目的不是要知道梭魚如何前進，那老早就知道了，而是牠如何盤桓。負責這項計畫的是坦普敦上將，而他已經過世好一段時間。把事實說個清楚是很重要的。」

他的眼光落在普維特太太身上，點點頭：「好年輕的太太。就是這種喋喋不休的瞎扯，才逼得你前任夫人去自殺的。是吧，普維特？」他回頭問。

普維特滿臉通紅，緊抓妻子手臂，霍地轉身拂袖而去。這不是他第一次受岱克爾羞辱，先前將軍也曾在其他客人面前令他下不了台，可這是頭一回岱克爾將軍在普維特的新婚妻子面前這麼做，而且還公然侮辱，說是他的言行不當，才害死他的第一任妻子。

「傑，我覺得他真是個好可怕的人。不曉得你為什麼老要跟他搭訕。」但普維特沒聽見妻子的話，他只是琢磨岱克爾將軍的評語，幻想他會遭到什麼報應。

❖ ❖ ❖

鋼鼓樂隊的樂手們用橡皮鼓棒，在彩色鋼鼓上敲出〈你不懂〉的旋律，每位演奏者同時敲打兩、三面油鼓。樂團曲目包羅萬象，有徐緩簡單的民謠，也有許多飯店顧客都會喜歡隨之起舞的輕快曲調。

「今晚將為您演奏〈黃鳥〉。我們這就開始。」樂團團長宣布。那一夜，飯店的樂團名為「特攻隊」，他們素來享有盛名，是維京群島的頂尖鋼鼓樂團。它每晚在當地不同的飯店演奏，一星期會來月桂灣三次。團長是個叫瑞奇·李門的年輕黑人，很以自己的樂團及其聲名為榮。由於本身也是個靈巧的藝匠，因此他堅持親自製作樂團的所有樂器，並引以為傲。

李門將一個鋼製容器的邊緣做完美的切割，為這面鼓留下所需深度。他知道如何將油桶留下來的平坦表面敲擊成中間凹陷，再用銼刀鑿出音符。團長喜歡打最高音，就是所謂的乒乓鍋（ping pong pan）。目前為止，那是變化最多端的鍋子。

這天晚上，李門的特攻隊演出一場歡悅活潑的盛會，教授和史匹曼太太盡情享受那柔美的加力騷[1]曲調。許多客人用過晚餐，就從用餐區轉移到緊鄰的夜總會。和史匹曼夫婦同桌而坐的，是第十二號小木屋的菲莉希亞・杜奇思太太，當天早上佩吉才認識她，杜奇思太太給史匹曼太太一些海島美食的食譜，她正打算集結成書。佩吉覺得，邀請杜奇思太太共度夜晚，應該是件美事。

「怎麼說呢，史匹曼博士，我從沒想過我的上一本書為什麼要訂價十四美元。對我來說，那只是個不錯的價格而已。」這位作家坐正了說道。

「但是，妳難道不想從書上賺取最多收入嗎？」教授問。

---

1 一種起源於加勒比海特立尼達島的民謠風小調，為英語Calypso的音譯。本為即席演唱，題材取自當地的事件或傳聞，節奏強烈，類似非洲歌曲，最初為特立尼達島農場的非洲奴隸所唱。加力騷最後不但傳遍了加勒比海地區，而且遠播到世界各國。

杜奇思太太彷彿被當頭棒喝。畢竟，她從不把自己當成商人，寫食譜只是嗜好，儘管她的確將它們付印成書。

「但是，如果訂價是十六美元呢？」史匹曼追問。

「那就太貴了。一般人還不習慣花這麼多錢買食譜。如果訂這價格，我很懷疑能賣掉幾本。」

「那妳為什麼不訂十二美元呢？」他試探她。

「你身為經濟學家，應該知道這年頭印一本書有多貴。而且我總是堅持彩色印刷，用最好的紙。」她指出。同時帶點辯解的語氣。

「杜奇思太太，換句話說，訂在十二美元以下不敷成本，雖然人們會想用這價格買書，妳卻負擔不起；而十六美元雖然是妳想賣的價格，卻又賣不出去。」此刻史匹曼教授已經談得眉飛色舞。「我敢說妳是位相當能幹的生意人，只是這出乎妳的想像，而妳也不願承認。妳或許認為十四美元是不錯的價格，但我要再加上一句，那也是利潤最高的價格。」

這位矮小的教授一說完重點，就靠回椅背上。根據他過去與商人交手的經驗，他知道他們不願承認自己存有**追求最大利潤**的動機，因而杜奇思太太在這方面的遲疑當然也在意料之中。每當商人爭辯說自己並不打算追求最大利潤，史匹曼就會使出他用在杜奇思太太身上的方式，去證實這個理論牢不可破。

「經濟學談得夠多了，亨利，」佩吉抗議：「我想多聽點音樂。」三人於是放鬆心情，靠向椅背享受特攻隊樂團的表演。

過了半晌，史匹曼太太說：「我不曉得飯店為什麼要請這個樂團來表演，誰都曉得團長是個激進份子。」這話雖有一半是對自己咕噥，但史匹曼教授卻不放過這個機會。

「我相信飯店自有考量，因為飯店是追求最大利潤的企業。就分配到娛樂的預算來說，我猜這是飯店用相同價格能請到的最好的樂團。有時候一些只顧賺錢的機構會認為，員工下班後做什麼並不重要。」

史匹曼太太陷入沉默，專心看著樂團團長表演。也許她不像丈夫那麼相信利潤極大化，因為她認為，像李門這些人，我們應該關切他們在工作之餘所做的事。但這想法就像經濟學的思維，很快就離開腦海，因為她的注意力，已經隨著迷人溫柔的音樂節拍而去。

「他們竟然可以用舊油桶製造出這麼多種聲音，真是不可思議啊！」杜奇思太太聽了一會兒後說道。

「鋼鼓樂團的音樂變化大得很，妳現在聽到的，還差得遠呢，」史匹曼教授回答。「妳知道，有人專門為鋼鼓樂團譜曲呢。哈佛音樂系的羅尼・戴頓（Rodney Dalton）就幫一個鋼鼓樂團寫了奏鳴曲，就在該大學的汎美節（Pan-American Festival）演奏。」

但是菲莉希亞・杜奇思早已分神，因為表哥岱克爾將軍正走進來，他的出現令她頗感困擾。

「抱歉，我得先走一步，」她邊說邊站起來拿手提包。「我得趕上九點的巴士回到玳瑁灣，早點休息。我明天早上要去克魯斯灣。」

她出去的路上經過她表哥的身邊。兩人說了幾句話，史匹曼教授沒聽見他們說些什麼，不過這位經濟學家注意到她氣沖沖走了。史匹曼夫婦則留在原地享受這個夜晚。

❖ ❖ ❖

前往玳瑁灣的最後一班巴士，於午夜前出發。這輛敞篷巴士滿載乘客，必須加足馬力才能把沉重的車輛拖上糖廠山（Sugar Mill Hill），前往各個海灘。史匹曼教授跟妻子坐在前排，他試著欣賞沿途景觀，卻只能看見模糊的陰影與黑暗的形狀。在熱帶區，即使月光明亮，夜晚卻依然漆黑一片，很難看清楚同車乘客的臉。佩吉很意外地感到空氣中有股寒意，於是緊挨著丈夫。

十二號小木屋裡，菲莉希亞・杜奇思躺在床上豎耳聆聽，她從熟悉的車聲判斷，最後一班巴士到了，她以為接著會聽見表哥明顯的腳步聲，但今晚她什麼也沒聽見，因為大家都下車後，還有個身影留在巴士上的最後一個位置。

當司機的手電筒照著那蹺曲的身體，光線顯示那是名高大男子，頭垂在胸前。哈森・岱克爾將軍一動也不動。這個「難伺候的人」死了。

❖ **追求最大利潤**（profit maximization）：一般而言，廠商經營的目標只有一個，即追求最大利潤。利潤即收益減掉成本之差額，是廠商決定進退的指標；只要有利可圖，廠商就會繼續經營。無論在任何的市場結構下，生產廠商可以視其成本函數及收益函數，追求最適當的生產規模（包括停止生產，即規模為零）。

Chapter 5

陽光對禿頭的人來說，可能特別危險，尤其是維京群島的陽光。因此，亨利・史匹曼從小木屋出來時，特別戴了頂高爾夫球帽，往海灘走去。這裡的早晨陽光比新英格蘭正午的太陽還毒辣，初來乍到的人必須格外小心，免得遭日曬灼傷；飯店也會警告客人，第一天出門不能曝曬在太陽光下太久。

史匹曼已下定決心，要在回波士頓之前把自己曬黑。但在開始這項「事業」之前，他要先去玳瑁灣試著潛泳，他知道那是很棒的活動。他戴上孩子為這次假期所送的呼吸管和蛙鏡，從海灣的珊瑚礁這頭溜進水中，習慣海水的低溫後，他把頭鑽進水裡，看見各式各樣的魚在珊瑚礁附近覓食，一群鯵鯧游到蛙鏡邊，魚鰭使牠們看來像是臉上凍住一抹微笑，他決定在這裡潛泳，於是一頭鑽進另一個世界。

史匹曼在浮力很大的冷水中，幾乎毫不費力地滑著，一開始遇見三條法國火魚，看起來像在乞食，他很遺憾沒從餐廳帶條麵包來。他在麋角珊瑚區繞了幾圈，瞧見四眼蝴蝶魚像史蒂倍克（Studebaker）老車，彷彿兩端都可以充當腦袋。

史匹曼離開珊瑚礁。他又游了一會兒，判斷自己的潛游已經快要「報酬為負」了，便朝岸邊游去。全身濕透的他，從水裡冒出頭，朝附近的躺椅走去，感覺腳下的沙溫暖怡人。

海灘椅似乎總是無法調整到最適狀態，這位經濟學家自忖，一面將椅子安置在他認為陽光角度最理想的地方。椅背不是太高就是太低，最後他決定採取比較直立的角度，坐了進去。他身邊的白沙如蒂芬妮（Tiffany）櫥窗般閃亮，眼前的水色幻化晶瑩，沙灘邊的海水清澈透明，接著是一道淺淺的藍，愈往下顏色愈深，到海天交界處，水色有如湛藍墨汁。

他放鬆後，想到「政治權謀」在哈佛是如此盛行，但置身聖約翰島，這一切卻顯得微不足道。他自己的系上就有兩個派系長期對壘，一派認為經濟分析基本上是種邏輯演練，另一派則認為它是實驗科學。他倒覺得自己所學介於兩者之間，而理論派卻將他視為同一陣營，史匹曼不想爭論這點，他並不熱衷參與這些方法論的爭議。大學的問題從他的腦中飄逸而去，這時有個飛盤射進躺椅下方，於是他的注意力又回到海邊。史匹曼的手太短，坐著搆不著，於是起身撿飛盤。

「謝謝！」有個年輕人從幾碼外的海灘喊著。

「抱歉打擾了。」他的女性同伴補了一句。史匹曼試著將飛盤丟向他們卻沒成功。這對看起來也不過是研究生的年紀，這點令他頗為訝異，從他們黝黑的程度看來，他猜他們已經在這裡待了將近一個禮拜。

「但願我們沒有打擾到你，」他們兩人一同漫步過來取回飛盤時，女子說道。「這是我兩個兒子的，他們教我們丟飛盤。」

「從我的動作看來，就知道我們三個人都可以向他們多學著點，」史匹曼回答，一面迎向他們。「也許可以請他們開個飛盤課。」他微笑著附帶一句。

「來不及了，」那名女子說道：「兩個孩子昨天就離開月桂灣，找外公外婆去了。上禮拜我們一家子都在這兒，這禮拜就真的要開始度假了，因為兒子去了密西根。對了，我們姓克拉克，道格和朱荻。」

「亨利・史匹曼。在這兒度假肯定很愉快。」

史匹曼差點忘記，有些年輕人還是愛乾淨的，他在哈佛的學生幾乎一式長髮和襤褸衣衫，而克拉克夫婦的穿著卻迥然不同。先生身上是百慕達棉短褲及鱷魚牌紅上衣，修剪整齊的頭髮和方形下巴，看來就像普林斯頓一九六二年班的學生；太太則是身著紅色印花洋裝，流露出中西部的健康形象。

朱荻是個愛說話的女生，沒多久，這位哈佛教授就知道她是密西根人，父親從事汽車業，母親很愛園藝，與道格是在大學時代認識的。「史匹曼先生，我知道聽起來很老套，但我們真的是一見鍾情。」

相較之下，道格就顯得木訥些，史匹曼知道他是醫生，但除此之外，這個年輕人就不再談及任何細節。朱荻說到丈夫有兩位兄弟，但是弟弟戰死在越南，他的老家在卡拉馬祖（Kalamazoo）。他們在這次假期裡，白天安排滿檔的海灘活動，而讓史匹曼稍感意外的是，他們晚上都去跳舞。朱荻表示，上星期他們幾乎每晚都去克魯斯灣附近鎮上的夜總會。

「我就是愛跳舞，道格也是，但不像我那麼迷。」她咯咯輕笑，有點不好意思。史匹曼覺得她看起來比實際年齡三十三歲還要年輕。

「我跟道格說，他白天可以潛水，晚上就得陪我跳舞，他一直都很配合。當然啦，孩子在的時候，每天晚上都得請保姆，但克魯斯灣這裡的夜總會，不像飯店漂亮的夜總會那麼貴。教授，你有沒有去過？我們昨晚去試了一下。」

「白天潛水、晚上跳舞，我想我不會接受這樣的條件。聽起來像是尊夫人對你討價還價，強迫你接受這麼苛刻的條件。」史匹曼嘲弄那位年輕醫師。

「也不算啦，」克拉克醫師回道：「我在泰國駐診的時候，就有點迷上潛水，現在簡直是上癮了。」

此時他們的對話，被滿臉愁容走過來的佩吉•史匹曼打斷。

「亨利，我好擔心杜奇思太太。還記得昨晚她離開表演場時提到的那個人嗎？她表哥被人發現死掉了。」

「哦，可憐的傢伙，怎麼回事？心臟病嗎？」

「警方還不曉得，但他們懷疑他是被毒死的。」

「妳是說食物中毒？」

「我是說他是被下毒害死的。」她頓了一下，顯得吞嚥困難。

「被下毒？」

「還有件事你該知道。昨晚那人死的時候，我們還跟他在一起。」

「在一起？哪裡？」

「在開往玳瑁灣的最後一班巴士上，他們發現他的屍體。」

Chapter

6

華特・懷德是月桂灣蔗園飯店的經理，文森探員知道，這位經理很討厭他的出現。群島上的觀光業正逐漸沒落，但文森是有正經事要辦，這位瘦削禿頭的警官，似乎打定主意要辦出個名堂來，他目光炯炯地瞪著懷德說：「我當然知道，客人來月桂灣不是為了接受調查，可這裡發生命案，我必須假設嫌犯若不是曾在飯店住過，就是還住在裡頭。」

「我了解，但我相信你會盡可能謹慎，是吧？目前住房率只剩七成，如果你把很多客人趕走，又搞得天翻地覆，以後別人都不敢來，飯店老闆可能就得捲鋪蓋走路了。」

「你我都不想發生這種事，但我得偵破這刑案，包括詢問岱克爾將軍在死亡當晚，有哪些人曾接近過他，我希望你向員工宣布，說他們也可能會被偵詢。現在，請恕我失陪了。」文森探員旋轉腳跟，輕快地大步離開經理辦公室。

法蘭克林・文森是克魯斯灣小小警察局唯一的警探，謀殺案不是他的正常工作範圍，他比較常調查船外馬達失竊或山羊失蹤的案件。文森腳夾皮拖鞋、穿著及膝長襪和百慕達短褲，跟大城市的兇殺重案組當然沒有絲毫相似，他離開懷德辦公室時，滿心希望能獨力偵破這起罪案，不必藉助聖湯瑪斯島和聖克洛伊島（St. Croix）的探員幫忙，這些警察都來自城市地區，處理暴力犯罪的經驗較為豐富，但是文森很痛恨他們在面對他時所表現出的優越感。總之不到最後關頭，他絕不尋求任何人協助。

然而，他還是不禁自問，夏綠蒂亞梅里警隊的亞伯菲德探員會怎麼做。他把自己當成亞伯菲德，決定先到飯店打探一下，看謀殺案發生當晚，是否有人看見不尋常的事。

那天下午，他四點左右抵達飯店，發現有若干客人聚集在雞尾酒露台附近喝熱茶吃點心。其中包括亨利・史匹曼和朱莜・克拉克，兩人都喜歡喝下午茶，和他們的配偶不同。法蘭克林・文森主動加入他們。

「午安，我是克魯斯灣警隊的文森探員。這是我的警徽。」他邊說著，邊在史匹曼教授及其同伴面前打開皮夾。他主動坐下來，史匹曼教授表示願意幫警探拿些茶和餅干。

文森猶豫了一下才婉拒。「不用了，謝謝。」其實在這時間，他倒蠻希望能享用茶點，但他無法想像亞伯菲德探員會在偵察殺人案件時吃點心。「應該不會耽擱你們太多時間，我有些問題想要請教一下。」文森面朝教授。他很快知道史匹曼的姓名、職業、住址，以及在飯店待了多久等等，當文森發現教授並不認識岱克爾將軍時，臉上一無表情，可是當史匹曼提到曾在將軍被害當晚見到他，便又豎起耳朵。

「那是什麼情況？」文森問道。

「他的表妹，菲莉希亞‧杜奇思太太，那天晚上和我們一起喝雞尾酒，後來她提前離席要回房時，曾經跟他說了幾句話。」

「請待我記下名字，」探員說，一面從襯衫口袋取出便條紙和鉛筆。「她住飯店嗎？」

「是的，她住在玳瑁灣的十二號小木屋，在我們附近。」

「那麼，她就住在死者隔壁，她一定很傷心了。我是說，他畢竟是她的表哥。」

史匹曼思索半晌才回答。「杜奇思太太看起來不像是多愁善感的人。我想你應該可以去找她談，不會讓她太難過的。」

「你們在昨晚的雞尾酒會上，是否注意到哪些我該知道的事？」文森問，同時備妥便條紙和鉛筆。史匹曼想起，昨晚杜奇思太太要離開露台時，和岱克爾將軍那短暫且顯然不太愉快的會面，但他決定略過不提，因為這或許不重要，而他也不想挑起探員的不當懷疑。

「結果，岱克爾將軍死的時候，我跟內人就同他坐在同一班迷你巴士裡，即使當時我並不知情。但在黑暗中，我們兩人都沒看到他，也是到第二天才知道他死了。」探員猶疑地看著史匹曼，一面記下他的話。

探員轉向朱荻‧克拉克，做了同樣的初步探詢。「克拉克太太，妳跟妳先生昨晚也在飯店嗎？」

「怎麼，是啊，長官，」她回答：「事實上，我們昨天整晚都在飯店大廳，隨著那個鋼鼓樂團跳舞。這件事到現在都還讓我很難受，那是我們頭一回來這裡跳舞，而且桌子離他很近。」她頓了一下。「我們去克魯斯灣跳舞的那幾個夜晚，就曾被警告要小心，但我們從沒想過，在這麼高級的地方也會出問題。我只能說，我很高興孩子在這事發生前，就回到我父母身邊去了。」

「妳和妳先生在克魯斯灣上夜總會應該要小心點，」探員說。「那些地方可能會吸引一些比較粗魯的人。」一陣停頓後，他問：「你們為什麼在謀殺案當晚，正好就在月桂灣？」

「哦，那是因為我們不需要請保姆。孩子離開後，我們就能夠到比較豪華的地方。」

史匹曼好奇地覷著她。這時探員問：「妳先生在附近嗎？既然他昨晚也跟妳在一起，我想見見他，說不定他注意到一些妳沒看到的事。」

「他今天早上乘船到特倫克灣（Trunk Bay）去潛水，應該不久就會回來了。」

文森探員站起身。「好，就這樣。除非你們想到什麼該讓我知道的。」他開始朝另一張桌子走去。

「警察先生，」朱荻・克拉克躊躇著說：「我真的不想說這事，而且我確定它並不重要，但是這裡有個人，我知道他跟岱克爾將軍處得不太好。」

「哦，是誰？」他重新入座詢問。

「我想他是普維特先生。我跟我先生曾經看到，有幾次岱克爾將軍在別的客人面前，當眾羞辱他，讓他很下不了台。普維特先生對這事似乎耿耿於懷。」

「岱克爾究竟做了什麼？」文森邊塗寫筆記邊問。

「呃，就在這禮拜一，我聽見岱克爾將軍很嚴厲地譴責普維特先生，說他連螃蟹跟龍蝦都分不清，當時普維特先生正在跟大家說，自助餐桌上堆滿了尖刺的龍蝦，岱克爾將軍卻公然表示普維特錯得離譜，至少他是這個意思，說其實我們吃的是肉蟹。那天晚上稍後，他們又為了這座小島的歷史再度爭辯起來，岱克爾將軍又糾正普維特先生一次。」

「萬分感激，克拉克太太，妳幫了我一個大忙。史匹曼先生，你也是。謝謝你們。」史匹曼先生如夢初醒。

「哦，不客氣，」他說：「我相信你會抓到歹徒的。」

文森探員再次起身離去。他不久就會發現，克拉克太太對傑•普維特與岱克爾將軍的觀察頗為正確，有不少人談到兩人間的類似事件。

法蘭克林•文森這天剩下的時間，加上第二天的大半時候，都在詢問其他客人各種問題，尤其集中在那些見過岱克爾將軍，或在他被害當晚曾現身雞尾酒露台的人。探員從這些來源得到令他滿意的資訊後，便決定下一步要把火力集中在他覺得嫌疑最大的人：飯店的工作人員。懷德先生告訴他，岱克爾在和許多工作人員的往來過程中，有不少令人不快的獨裁作風，文森尤其感興趣的是維能・哈伯利，他向來是將軍的侍者，將軍被害當晚，服務將軍的人就是他。

維能・哈伯利是聖約翰島原住民，身材高大英挺，還是個單身漢。他選擇住在克魯斯灣，而不在他服務的飯店裡。維能在飯店當服務生已有數月，檢視他的個人檔案，顯示工作上還沒遭到任何顧客訴怨。

文森在一間休息室偵訊這位將軍的侍者，這裡有探員想要的隱密性，他決定在飯店的幫忙下，用比較粗魯的方式來詢問這位服務生，心想或許能讓他們因此失去防備，或刺激他們做出一些用其他偵訊方式所得不到的反應。

不過，文森也知道這技巧可能收到反效果。飯店員工大多是維京群島的原住民，他們跟美國大陸的黑人一樣，對警方都抱持懷疑態度，在某些情況下還很有敵意。此外，飯店員工雖未組成工會，但卻很團結，說不定會導致他們相互包庇，拒絕提供任何消息。文森開始詢問時，對這一切都瞭然於胸。「維能，你很討厭岱克爾將軍嗎？」

「我不喜歡這個人，但也沒討厭到要殺他的地步，如果這是你想說的話。」服務生說，一邊緊張地抽著煙，兩眼直盯著地面。

「他對你很壞，不是嗎？老是抱怨，還叫你把食物端進端出的？你不是因為這樣才討厭他的嗎？」

「我不喜歡他對我們呼來喚去的，但我可沒對他下毒。」

探員在問案過程中，盡可能如想像中的亞伯菲德那般堅持。有回他甚至把手指伸到哈伯利的鼻子下搖晃著，繼續以罪責的語氣逼問。「你可以輕易下毒，不是嗎？你每天都要送食物給他，而且那天晚上在酒吧，你就是他的服務生。」

「其他許多人也很容易毒害他啊！跟他在一起的那個女人呢？你為什麼不去問她？難道因為她是白人嗎？」維能・哈伯利既驚且怒。他對詢問他的人說出最後這些話時，兩手顫抖，呼吸濁重。

探員的態度明顯改變：「女人？什麼女人？岱克爾明明是個單身漢，而且我知道他總是一個人吃飯。」文森似乎摸不著頭緒，哈伯利卻很堅持。

「他通常獨自一人吃飯。但那天晚上將軍注意到一位女士，一位通常也是獨自用餐的女士。他把電話卡交給我，要我轉交給她。他在上面寫字，問她今晚要不要與他共進晚餐。我把卡片送過去，她接受了邀請。」

「這名女子是誰，你知道嗎？」

「名字我不曉得，但我記得她。她長得很漂亮，身材蠻健美的，我記得杜恩說過，她是美國來的。她來這裡好一段時間了，我想應該還在。杜恩會知道她的名字。」

文森打算詢問這名女子，於是寫了張字條給領班。這是他的新發現，但他依然懷疑維能・哈伯利，而哈伯利就和維京群島上的年輕原住民服務生一樣，都參與當地的黑人人權運動，眾人皆知他是瑞奇・李門的門生——文森探員的嫌疑犯名單中，另一個有高度嫌疑的人。

Chapter 7

瑞奇・李門是多才多藝的音樂家也是藝匠，他在島民的心目中，已逐漸超越狡猾機智的政治家。飯店付錢請他和樂團來娛樂客人，他們也都清楚李門是個黑人人權的提倡者，除了借重他在音樂上的才華外，也希望能拉攏這個有才能的年輕激進分子。經理人心想，付給李門一筆可觀的薪水，請他來娛樂飯店顧客，或許他和白人的當權派就能和平共處。此外，他的樂團表現出色，在這些島上算是頂尖的。晚餐前，當他在五點鐘的雞尾酒時間出現在露台娛樂飯店顧客，加力騷的旋律格外適切，這種音樂似乎能刺激食慾，讓顧客對飯店的特調蘭姆酒胃口大開。李門每週在飯店表演三天，在雞尾酒時間和晚餐後的表演時段，都是領一百五十美元；星期六的收入更為可觀，因為這天樂團也被請來舉行一場午後音樂會，這項活動不僅深受飯店的一般房客歡迎，聖約翰島的士紳也會來到月桂灣吃頓輕鬆的午餐、泡泡水、欣賞音樂，由於樂團在下午和晚上都必須待在飯店，月桂灣便付給李門雙倍費用。

文森探員知道，如果飯店的意圖是拉攏李門，結果將適得其反。李門看到白人住在如此豪華的飯店，一個晚上的住房價格比維京群島一般原住民的週薪還高，將加深他對白人的怨恨。然而，李門依舊繼續表演。他的政治活動是很昂貴的，有手冊、一份激進刊物和旅行費用，全都所費不貲，使得人們普遍相信他在外面還有金主。文森還觀察到，李門發現在飯店很方便跟其他黑人服務人員見面，他可以收編這些人，讓他們參與他的圖謀，使觀光客感覺在此處不受歡迎，進而影響白人的事業。文森推斷，謀殺岱克爾將軍很可能是李門摧毀群島觀光業的部分計畫，因此今天他決定將火力集中在這位樂團團長身上。

文森探員離開警局辦公室，朝廣場踱去。有竊案發生的時候，這裡是打探消息的好地方，他想今天或許也可以探聽到一些關於謀殺案的消息。

克魯斯灣的聖約翰廣場（St. John's Square）是當地村莊的聚會場所，位於公共碼頭東方，是個不起眼的泥土公園，裡頭有大約十來張公園椅。圍繞公園兩面有商店和各種營業場所，另一面是海關和移民機關，開放的一面則面向海。聖約翰廣場隨時都有原住民和觀光客聚集，本地的街談巷議也都根源於此。

到廣場走一遭，就會發現克魯斯灣的生活步調緩慢。的確，相較於聖湯瑪斯的活動，克魯斯灣簡直像是在打瞌睡的村莊。比起夏綠蒂亞梅里那人潮洶湧的街頭，這裡吸引到的觀光客只是小貓兩三隻，那天在廣場上，有群年輕人正等著觀光小巴士載他們去國家公園的露營區；村裡一些較年長的居民，則坐在一向為他們保留的長椅上；唯一的騷動是在潛水店門口聚集的一群人，他們剛潛水回來，正興奮地比較各自的斬獲。文森頗感失望，因為沒看見任何他認為是李門黨羽的人，而這位樂團團長也始終沒有出現過。

現在，亞伯菲德會怎麼做？文森一面揣想，一面拿出一條皺巴巴的手帕，頻抹額頭上的汗珠。他坐在長椅上思考下一步該怎麼走，此時身旁座位上的某個東西吸引他的注意，他看見上頭印了個石刻圖形，原來是《特攻隊》又出刊了，他的臉上自然出現不以為然的表情。《特攻隊》是瑞奇・李門不定期刊印的通訊，在島上的黑人原住民間廣為流傳。那是本薄薄的小冊子，黃色的新聞用紙，平版印刷，標誌是一個奇怪的原始圖形，聖約翰島的某些奇石上都刻有這圖形：

目前真相未明，但有些考古學家卻猜測，那些石刻圖形是在一七三三年的奴隸反抗戰爭中，由躲在島上的奴隸所為。

文森對《特攻隊》並不陌生，但他還沒看過這一期的內容。他信手拾起，立刻翻至最後一頁。每一期的最末頁都是名為**目標**的人物介紹專題，探討李門心目中不同情黑人抗爭的人。這些人物側寫，專挑島上的有錢地主和商人、本地政治家，以及前來觀光的達官貴人，再大肆誹謗一番。專欄列出標題人物的住址、電話號碼、孩子的名字與年齡，並明列他們所上的學校。**目標**從不會做出明白指示，但是那些被選上《特攻隊》的人，在曖昧的「榮幸」之中，往往也遭到不少騷擾。

當他看見哈森・岱克爾將軍的名字以粗體黑字盯著他，臉上的表情從不以為然變成驚恐萬狀。「照這麼看來，岱克爾是最新的目標。」文森探員半自言自語，他現在已知道自己該怎麼做。他從椅子上霍地站起來，朝警察局走去。是該造訪瑞奇・李門的時候了。

「米蘭，能不能給我一把鑰匙，我想去開輛吉普車？我要請瑞奇・李門前來接受偵訊。」米蘭・奎勒警長給他鑰匙去開那輛銅藍色吉普車，那是在聖約翰島上專用的警車。「你今天到他家是找不到他的，」奎勒說道：「今天早上，我看他搭渡輪到聖克洛伊島去了。」

「如果你看到他回克魯斯灣，麻煩跟我講一聲。我還是要拿鑰匙，我想開過去找李門老太太。」文森發動吉普車，開到中線路，朝李門的母親家奔馳而去。他踩下油門時，吉普車的帆布蓋在風中拍打出斷斷續續的韻律。計速器壞了，文森只能根據「塔－塔－塔－塔」聲的快慢，來判斷吉普車的速度。

李門老太太住在克魯斯灣的後山，她那間小小的木造屋，從外表到整個房屋結構看來都是搖搖欲墜，有一部分始終未曾油漆，屋頂尖端有個明顯的凹洞，房子是以煤塊墊高為地基。來這裡必須走上一條狹窄陡峭的岩石路，顯然文森探員開吉普車來是明智之舉。當他抵達這個住所後，便看見李門老太太正在後院擠羊奶，他邊朝她走去，一路還得趕開雞群。

「文森先生，是什麼風把你吹來的啊？警察跟我可沒瓜葛。而且，我還得忙著擠羊奶當晚餐呢。」

「瑞奇會回來吃晚飯嗎，老太太？」

「瑞奇？你問瑞奇幹嘛？警察跟他也不相干。」她提起羊奶桶，朝屋裡走去。文森跟上前去。

「老太太，我想問妳幾個有關瑞奇的問題，他有沒有跟妳提過一個叫做岱克爾將軍的人？」李門老太太沒吭聲。「瑞奇有沒有在這裡開過會？妳最近看過他跟什麼人在一起？」文森窮追不捨，隨著她走上前門玄關。

「瑞奇為什麼要在這裡開會？這裡又沒有紗窗，全都壞了，光是蟲子就足以把你咬死。而且我也很少見到瑞奇了，他現在只顧自己跟那個樂團。幹嘛問這些問題啊？」

「老太太，我認識你二十年了。妳向來都曉得瑞奇在忙些什麼。」探員哄誘著說。

「那是在他遇見維能·哈伯利以前的事了。」

「哈伯利？月桂灣那個服務生嗎？」

李門老太太進了屋裡，文森二話不說也跟著進去。濃郁的花生湯香氣溢滿這單房小屋，探員於是想起自己在早餐後就沒吃過東西了。

「老太太，瑞奇老是跟維能‧哈伯利在一起嗎？還有誰呢？」

「來點花生湯嗎？」是老太太的回答。

「好啊，如果有多的。但妳還沒告訴我，瑞奇跟維能究竟在忙些什麼，讓他沒法子常來看老媽媽。」老太太盛了兩碗湯擱在桌上，示意探員入座，她嘆口氣，坐在他的對面。文森探員靜靜禱告後，兩人便喝起湯來。

文森探員湯碗將空之際，他和瑞奇‧李門的母親間的對話已經明白顯示，她不會再透露兒子最近的活動。他微笑起身，朝門口走去。「妳的花生湯還是很好吃，老太太。」

李門老太太嘆了口氣：「瑞奇原本也很喜歡我的花生湯，但自從他跟樂團在月桂灣表演後，就變得很挑嘴了。」

「不管什麼時候，妳都可以把瑞奇的那份花生湯留給我，如果妳想跟我說些瑞奇的事，一些妳覺得我該知道的事，請來克魯斯灣，說不定我能保他不必惹上麻煩。」文森走出房子，進了吉普車。

法蘭克林‧文森回警察局的路上，去克魯斯灣的藥材店走了一趟。法醫毒物學家發現，岱克爾將軍是死於循環衰竭（circulatory collapse），以及巴比妥鹽（mephobar bital）所引起的呼吸器官衰竭，這種毒品可溶於食物或酒精飲料，事後才會毒發致命。探員詢問這位藥劑師，是否曾經把巴比妥鹽化合物，或任何含有巴比妥鹽的藥劑，賣給瑞奇・李門或任何與這位樂團團長相關的人，他得到的答案是否定的。接著他又問，是否有月桂灣蔗園飯店的客人曾買過任何含有這種毒物的藥品。藥劑師仔細檢查過去一個月的紀錄，卻一無所獲。他離開的時候，一時衝動便買了一些黃絲帶。「媽媽應該會喜歡這個。」他想著。

❖ ❖ ❖

在那粉紅色煤渣塊的建築物上，飄著一面老舊褪色的美國國旗。前門上方有個橫額寫明機構名稱：

公共安全部

警務處

克魯斯灣，聖約翰島

亨利・史匹曼略帶躊躇地瞧著橫額，他不習慣上警局，但他認為手中的資訊有必要跑這麼一趟。他開了門，在接待處問道：「我想跟那位負責調查月桂灣命案的人談談，他的名字應該是文森探員沒錯。」桌邊的警官還來不及回答，門又開了，史匹曼前一天遇見的警探進了門。

「法蘭克林，這個人要跟你談岱克爾命案的事。」

文森看見這位矮小禿頂的先生，感到很意外。他想起來者是教授，兩天前才表示對這起謀殺案所知不多。文森很是好奇，趕緊將史匹曼請進他的辦公室裡。

史匹曼坐在灰色金屬辦公桌旁，桌上玻璃已經破了。坐定之後，他開始對著一臉專注的探員說明來意，但他才說了一會兒，文森已是一臉茫然。「教授，我們先釐清這點。你說，根據經濟學理論，你知道人是誰殺的？」

「我可以肯定。」

文森探員靠著椅背，不知該怒該喜，也許這位教授是個瘋子。史匹曼開始說明他的經濟學推理，但是文森只是不可置信地直盯著他。當史匹曼快要提到入罪的結論時，文森這時忍不住打斷他：「是這樣的，教授，我必須承認我不太了解你在說什麼。而且坦白說，我不懂這種經濟學的需求法則和謀殺案到底有什麼關連。我想，要把殺人犯關起來，光靠理論是不夠的。」

「但根據我剛才說的，你當然會想繼續聽我把話說完，如此你才能更進一步調查我的假設。」

「一點都不想！從你剛才告訴我的內容，我看不出有任何人違法。」

史匹曼抬頭注意到文森辦公桌的上方書架有一套書，名為《維京群島法令集註》（*Virgin Islands Code Annotated*）。「經濟學定律，跟你在警政上處理的法律是不一樣的，經濟定律是牢不可破的。」

「牢不可破的定律，」文森說道：「我完全沒興趣。」

「但是，總有人會去破壞或違反它，」史匹曼自忖。「理當如此。而且或許我有能力證實。」

Chapter 8

月桂灣的夜總會是開放式露台，月桂酒的香氣陣陣飄送，有熱帶梔子的花香，混著賓客身上的昂貴香水味。位子還沒坐滿，瑞奇・李門跟他的樂團就開始演奏起來，飯店房客紛紛進場觀賞，〈瑪琍安〉的旋律流瀉而出。

文森探員今晚在飯店蒐證。他判斷，若換成是夏綠蒂亞梅里警局的亞伯菲德探員，就會持續觀察犯罪現場。而他，文森，也會做同樣的事。同時，今晚是特攻隊預訂來飯店的時間，因此他有機會向李門及其團員問個仔細，順便繼續監視維能・哈伯利。此刻，探員的眼睛在室內四面逡巡搜索。

靠近露台中央處，坐著菲莉希亞・杜奇思和馬修・戴克教授。當他偵訊戴克時，戴克的輕率態度令探員頗感不悅，但他實在沒什麼理由懷疑這位稜角鋒利的神學家。然而，今晚他和杜奇思太太同桌，杜奇思對岱克爾之不悅，被許多客人看在眼裡，連文森在訊問她時，都明顯感覺得到。文森很難想像，杜奇思太太能獨自進行一樁謀殺案，但他不排除有共犯。戴克與杜奇思太太交頭接耳，文森實在很想知道是什麼事讓他們如此專注，以致無視周遭的一切，也許聽見他們說的話，會有助於了解謀殺案的內情，此刻的對話一定比他們早先願意單獨透露給警方的消息要清楚些。然而，倘若文森這時能偷聽到他們之間的討論內容，就會發覺很難與他懷疑的陰謀聯想在一起，因為這時兩人所談的，是些罕見的西印度群島食譜。

室內與他遙遙相對的，是那名看似運動員的女子，有人曾看到她不只一次跟岱克爾將軍同桌而坐。此刻的她，穿著極保守剪裁的藍白相間泡泡紗套裝獨坐著，文森知道她是蘿拉‧波克，也是飯店裡唯一沒有同伴的女性住客，她解釋自己跟岱克爾將軍的偶遇是清白的，他只是邀她共進晚餐，而她也接受，如此而已。她還說，他不令人討厭，只是年紀稍大，但是個正人君子。那天晚上用過晚餐，她道過擾便說頭痛，提前回小木屋去了。波克小姐聲稱，她直到第二天才得知將軍的死訊。文森仔細盯著她瞧，他相信抱怨頭痛這種事是很女性化的，但他似乎不太能把這麼一個運動員身材的女子，與這種病痛聯想在一起。

接著，文森的注意力又被入口處吸引，此刻飯店經理正在接待亨利‧史匹曼和他的妻子佩吉。文森一看見史匹曼夫婦，便想起那天午後的無厘頭對話，他琢磨亞伯菲德需不需要跟哈佛經濟學家打交道，文森希望自己再也不必跟史匹曼打交道，因為史匹曼已經被他當成瘋子。

「史匹曼博士，史匹曼太太，要不要來跟我們坐？」史匹曼夫婦正要被帶到位子上，這時傑‧普維特喊道。

「我們去吧，」佩吉說道：「我在沙灘遇到普維特太太，我們都很喜歡東方風的地毯，她先生好像是萬事通。」史匹曼以微笑回答，他沒打算學會做「萬事通」，但他接受邀請。

「敢跟全民公敵坐在一起嗎？」傑・普維特因為自己是岱克爾將軍命案的頭號嫌犯而沾沾自喜，他得到求之不得的關注，甚至誇大自己的重要性，說他奉命不得離開飯店。

「這是我的榮幸。之前我最接近全民公敵的一次，是在郵局裡看見他的相片。如果你真的上了名單，我哪天就可以很高興地向朋友指認你。」

普維特瞟了一眼史匹曼，笑了開來。接著他突然問：「你有沒有看到在那邊跳舞的女士？」他手指一位正和丈夫跳著舞的中年婦人，她穿著黑色低胸小禮服，丈夫年歲約五十開外，身穿樣式很年輕的西裝。「昨天我想邀她和我共舞，她卻說她不喜歡跳舞。才怪。她顯然很樂於此道，你看她的表情那麼幸福。」

「也許她說的是實話，」亨利・史匹曼回道。「其實很有可能。她跟丈夫也許就只是具備相互依存的效用函數，跟許多夫妻一樣，這是經濟學家所謂的『愛』。」

「相互什麼？」普維特問道。

「相互依存的效用函數。我敢說你偶而也會如此，道理很簡單，你從某些活動上得到的快樂，是來自另一人的幸福。以我們談論的那位女士來說，她也許是因為知道丈夫很享受他的假期，而獲得一些效用，或者換種說法，得到滿足。如果他喜歡跳舞，而她不喜歡，她還是可以開心地跳，因為這時她的效用來自於她的丈夫。」

「所以，亨利，你現在連『愛』都用經濟學解釋？你不覺得有點離譜嗎？」佩吉問道。

「愛、恨、仁、惡，或任何與他人相關的情緒，都可以用經濟學分析。當我說『我愛你』，意味我的效用或快樂與你的快樂是糾纏在一起的。當然，我們很難用這種說法寫情歌。」亨利・史匹曼對自己的解說似乎感到很滿意。

不過，潘蜜拉・普維特對這段以經濟學談愛情的論述似乎興味索然，況且在喝酒閒聊時談這話題，也未免太煞風景。她抓著對話空檔趕緊換了話題。「傑，我相信那對夫婦跟你一樣喜歡跳舞。」她插嘴說，邊朝著舞池點頭。她的丈夫和史匹曼夫婦都抬頭，看見道格與朱荻・克拉克。

「那是密西根來的克拉克夫婦，」史匹曼太太說。「他們的小木屋就在我們隔壁，在玳瑁灣。你說對了，他們很愛跳舞，至少太太很喜歡。他們最近才把孩子送去外公外婆那兒，朱荻還說，因為不必擔心請保姆的問題，夫妻倆就可以盡情跳舞。」

傑・普維特打量了他們一會兒，便做出以下評語：「嗯，兩個人都跳得不怎麼樣。來吧，親愛的，我們來讓他們見識，該怎麼跟著加勒比海的韻律起舞。」普維特夫婦朝舞池移動，途中遇到正要入座的克提斯・富特大法官夫婦。富特夫婦一抵達便吸引不少人的目光，與其說是法官的名氣，還不如說是因為妻子搶眼的裝扮。這天晚上，維吉妮亞・派丁吉亞・富特穿了套橙色紗質土耳其式長袍，唯一的首飾是條銀質項鍊，掛著一枚三角形墜子，三角形的每一角都鑲著一顆亮閃閃的鑽石，垂在她的腰際。

富特夫婦坐在史匹曼附近的一張空桌子邊，文森探員冷眼旁觀。這位克魯斯灣的探員認為，沒有任何理由懷疑富特夫婦，雖然岱克爾死亡當天他們也在這裡，文森卻認為最高法院的大法官不太可能會是殺人犯，派丁吉亞家族的成員也不可能。此外，他草草檢查過富特夫婦的背景資料，顯示他們跟謀殺案毫無關連。引起文森興趣的不是富特夫婦，而是他們的桌子，因為他們坐在維能・哈伯利負責招呼的區域。文森知道，岱克爾將軍被殺當晚，服務生就是哈伯利，他有數不清的機會可以在食物裡加入致命毒物。同時，文森也知道這位服務生痛恨自己卑躬屈膝服侍的白人。探員的想法令自己不寒而慄，富特大法官或許也會有危險，因為黑人勢力也許會把富特當成敵人，探員想到，必須警告這位前法官當心點。

接下來，文森的注意力就跟多數人一樣，被舞池給吸引過去。只有一對還留在樂團前狹長的木地板賣力「表演」，其他舞者都已經放棄努力。有些人艷羨地觀賞眼前的舞蹈表演，就像好舞者看見更出色的表演，就會站到一旁；其他人則比較低調，或許是不想炫耀自己的舞技，但在目前的情況下，也可能只是選擇避免肢體受傷，這並不是不可能。傑・普維特在舞池裡出現一些滑稽的舞蹈動作，包括不時的跳躍、兩腿劈開成V字型，或是兩手伸長去觸摸腳趾。落地時，他往往會像哥薩克舞（Cossack Gopank）的舞者一樣蹲伏彎身，兩手環抱胸前，兩腿輪流踢踏。他最誇張的動作是快速向後翻觔斗，隨時跟著音樂節拍，做出毫無預警的劇烈動作。他總是一邊跳舞，嘴裡還叨著煙斗，看似毫不費力。在如此這般的演出過程中，他的妻子發覺最好還是把中央舞台讓給他，自己在一旁獨自跳著加力騷。

為了回應普維特的迴旋，道格與朱莜・克拉克也紛紛離開舞池。當他們打算回到先前的座位時，這才發覺位子被富特夫婦佔去了。「道格，那不是我們的桌子嗎？竟然被大法官夫婦給坐走了！」

「要我請他們換位子嗎？」他問。

「拜託，省省吧，我們去找別的地方。」朱莜別過頭，開始尋找其他座位。

佩吉・史匹曼很欣賞克拉克夫婦，她留意到他們的難處。「要不要來跟我們一起坐？這是普維特夫婦的座位，」她朝那兩張空椅子點頭。「不過我們這桌還有空間。」亨利・史匹曼起身，殷勤地搬了兩張椅子過來。

「好盛大的演出，不是嗎？」佩吉・史匹曼喊道。

「妳是說傑・普維特嗎？」克拉克夫婦反問道。

「是啊，我從來沒看過人家這樣跳舞的。」史匹曼太太比較習慣看安靜點的舞蹈，例如兩名舞者互擁著滑過舞池。她並不認同普維特的舞蹈風格，但當普維特和妻子回座位時，她沒有表現出自己的不悅。

「你們認識克拉克夫婦吧？」史匹曼問道。

「哦，你是說這位好醫生啊。」傑・普維特直視道格・克拉克的方向回道。

「是啊，」史匹曼太太插嘴說道：「克拉克醫師和太太朱荻。」

「我們見過普維特夫婦，」克拉克醫師說。「我們上回聊天的時候，我還記得，他教我如何正確地注射。」

「哦，對了，」普維特對史匹曼夫婦說：「最重要的是，一定要把針筒裡的空氣擠出來，如果以九十度角把針刺進去，就比較不會痛。」

「傑，求求你，別再拿你那些醫藥觀念去煩克拉克醫師了。」克拉克看著潘蜜拉・普維特斥責丈夫，似乎鬆了一口氣。六個人都靠著椅背，靜靜欣賞鋼鼓樂團演奏。

文森探員起初以為馬修・戴克和杜奇思太太要一同離去，但後來他看見他們不過是站起身來，去跟另一群人應酬罷了。他看著神學教授緩緩走到普維特的桌子，菲莉希亞・杜奇思跟隨在後。

「介意我們同桌嗎？」戴克低下他的鷹勾鼻問道。他不等回答，便為自己跟同伴搬來兩張椅子。簡單寒暄後，戴克教授開始說明來意。

「我有份文件，亨利，特別是你，你也許會感興趣。它把島上的經濟狀況做了很好的簡介。」

「你怎麼會有這玩意？」史匹曼小心問道，因為將複雜問題簡單化就會令他懷疑。

「你知道的，我跟飯店一些黑人員工是好朋友，我不把這些文件當成冷冰冰的統計資料，只供我研究用，這是值得探討的人類社會境況。為了回應我的關切，我們的一位服務生維能・哈伯利給了我一份通訊報，也就是在服務生之間流傳的報紙。有趣的是，這份報紙正是今晚為我們表演的這個人所編印的，因此聖約翰島上的報紙總在特攻隊來表演的時候送到，就不算巧合了。」

他給了史匹曼教授一份名為《特攻隊》的薄薄小冊子。戴克將史匹曼的注意力導向要他讀的文章上，史匹曼的視力在光線充足時已經不怎麼樣，在燭光下更是只能艱難地掃視他的指定作業。

「我看我們今晚這位演奏家多少是個馬克思主義份子。」史匹曼教授抬起頭，做了結論。史匹曼推出這結論，是因為文章裡針對維京群島的社會動盪，寫出李門的理論。多數觀察家的論點都是，由於從荷蘭、法國、英國和獨立的西印度群島貧窮區進口黑人外勞，以致維京群島土生土長的島民除了白領階級工作外，不願接受其他工作，結果需要勞力的工作大多給外勞做。一九五〇年代的經濟快速成長期，由於勞工的需求量很大，如今外勞幾乎佔島上半數勞動人口，且賺錢所得多過當地島民的人也不在少數，只是他們既不是公民，也沒有投票權。島民為這些外國人取了渾號：「鵲鴨」，以表達對這些人難言的怨恨，結果黑人為了爭取經濟優勢而相互敵視。

李門認為，這種衝突是被誤導了方向，白人才是黑人的鬥爭對象。他在手冊中提到，引進外勞的政策，是為了讓本土島民的薪資維持極低水準，也因而在黑人族群中分出階級。重點在白種商人將廉價勞工帶進諸島後，可以壓低薪資而獲取龐大利潤，也因為黑人勞工的工資太低，而無法在自己的島上擁有土地，土地都被有錢的美國本土人士買走了。

「你為什麼說他是馬克思主義者？」

「舊的馬克思主義認為，資本家需要後備部隊（reserve army）失業人口，好將工資壓低，你當然知道這個論點。就這案例來說，扮演後備部隊的就是外勞，如果結合李門的階級鬥爭觀點，就有了馬克思主義的標準元素。」

「要說這是馬克思主義的論調，也不為過。」戴克反對：「而事實上，我一向把馬克思詮釋為人道主義者，他在乎工人的工資勝過商人的利潤。否則，你要如何解釋這些商人引進外勞的用意？」

「我有另一種解釋，」史匹曼回答，一面比劃演說的手勢：「而且這種解釋，不需要島上數百名商人進行陰謀策畫或剝削行為。」

「怎麼說？」

「就是外勞來到這裡可以增加收入。他們原來住在那些經濟狀況與前景都不看好的島上，因此自願移民到維京群島，這裡的工資比起神學教授的標準來說固然算低，但比起他們的家鄉水準卻是高的。」

「即使那些外勞是自願來的，」戴克瞇眼覷著史匹曼：「你不覺得島上的商人利用外勞的方式很不道德嗎？畢竟他們可以少賺點錢，多付點工資啊。」

「你是說，追求最大利潤是不道德的行為？」史匹曼反問。

「沒錯。」他直截了當地說。

這時菲莉希亞・杜奇思忍不住加入對話，她轉向馬修・戴克說：「哦，我希望不是這樣，因為我那天才向史匹曼博士學到，我在幫食譜定價時，就是追求最大利潤的資本家。」

史匹曼對杜奇思太太介入討論只是微微頷首致謝，他把身體往前靠。他因為身材短小，兩腳碰不到地面。「我無法評論追求最大利潤道不道德，但我觀察到這是人類很普遍的特性，眾所周知神學教授也有這種特性。」

戴克教授的心往下沉，覺得自己又要在同僚辯論中屈居下風，但此刻已是騎虎難下。「如果你是拐著彎子罵人，那請問我倒是在什麼時候有過追求最大利潤的行為？」

「就我的記憶所及，一年前你曾休過一次年假，有沒有？」

「哦，你是說我去愛丁堡那次嗎？」

「我想是的。好了，不管怎樣，你把房子轉租給一位經濟系的客座教授，他願意付你的租金高於其他人，所以他成功租到你的房子。但是你當然會同意，哈佛有許多窮研究生會很樂於用比較低的價格租到你的房子。可見你拿到最高租金，和商人只付出必要工資是同樣的道理。」史匹曼停頓一下，咬了一口裝飾飲料的鳳梨片，接著繼續。「同樣地，校長告訴我，你在神學院的同事跟其他教授一樣，都很積極在爭取加薪。也許我並沒有太留意進展如何，但我還沒聽過在你們的教職員裡，有誰曾經要求減薪。」

戴克教授不太習慣語塞，於是他只能虛弱地微笑，回頭去喝他的農家樂雞尾酒。

法蘭克林・文森二度充填煙斗。他旁觀的這場生動對話似乎已經沉澱，此時他的注意力被蘿拉・波克那桌吸引過去，這位盛裝的獨行俠正在簽帳單，然後從位子上起身，朝探員方向走來。波克小姐似乎正打算離去，文森絞盡腦汁，試著想出是否還有其他問題該問，在他決定之前，這位身材姣好、精力充沛的年輕女子突然停在富特夫婦的桌邊，跟大法官談了起來。

文森豎耳傾聽對話內容，但除了一開始的頭幾個字以外，什麼也聽不見。問題不在桌間距離，鋼鼓樂團正巧在演奏一首極熱鬧的曲子，使他的努力更形困難。他沿著斜對角左邊走，藏身在露台頂篷的樑柱後，不敢太過靠近以免引起注意。

「……每天沿這些小路慢跑，」文森彷彿聽見大法官這麼說。蘿拉．波克的回答卻聽不見，她正比手畫腳地討論一件對她顯然很重要的事。忽然，她伸手到皮包裡，在克提斯．富特的注視下，抽出一張在文森看來是照片的玩意兒。文森探員踮起腳尖，想看清那張大法官感興趣的相片裡究竟有些什麼，但什麼也沒瞧見。接著蘿拉．波克離開富特的桌子，馬上消失在黑夜裏。

來自克魯斯灣的探員再次躊躇，無法決定該不該跟蹤蘿拉．波克，他的猶豫使他意外目睹一場夫婦口角。克提斯．富特興奮地向妻子展示那張照片，還說了些文森聽來像是「……在我日記裡」這樣的話。無論他說的是什麼，都引來妻子一陣排揎，他們你一言、我一語，直到聲音大得蓋過樂團，有好一會兒，文森毫不費力就聽見兩人的談話內容。

「太明顯了，親愛的。真的，我還以為你的想像力蠻豐富的。基於對我的尊重，我認為你至少可以把『偷吃』做得隱密一點。」

這時，維能‧哈伯利送了兩杯飲料到他們桌上，他的身軀擋住探員視線，兩人的口角在侍者離去後才繼續。

「我保證，我這輩子從沒見過她。而且就連妳都該看得出來，我沒有邀她來我們這裡。」他用指背輕敲照片背後，將它交給妻子。「這不是什麼陰謀詭計，那位女士很認真。」

「哼，你把這些寫進你的日誌時，為了後代子孫著想，你想必也記下她的電話號碼跟三圍吧。」她拿起照片，細看了一下。

看得出來，富特被妻子給惹毛了。「妳把什麼都扭曲了。難道妳看不出，這事對她可能有多重要嗎？等回到房間，我就要把它拿來跟我那天的日記比對一下。」

「是你寫你真的看見什麼的那天，還是另一個跟命案有關的那一天？」這時他們的聲音壓低，成為很誇張的悄悄話，因此附近座位的人都很難消化兩人的爭辯內容。有些人顯得很尷尬，像道格與朱莜‧克拉克；其他人如史匹曼教授，則是在用力傾聽之餘，還故作謹慎狀。

富特夫婦的聲音又高起來，不再是悄悄話後，聽起來便輕鬆了些。「你以前都只記真正發生的事，但最近你卻開始描寫你的想像。」

「維吉妮亞，觀察與想像的區別是很大的。」

音樂暫歇，似乎使富特夫婦自覺兩人間的火爆程度。特攻隊結束第一段組曲後，文森探員跟大多數在場的人都看著他們陷入沉默。趁著中場休息，史匹曼教授信手翻閱戴克教授留下的小冊子以自娛。他尤其感興趣的，是看看有沒有企業在上頭登廣告，或許足以說明這份刊物的經費來源。他翻到這期背面時，注意到一張人面素描，如今這已經是張熟悉的臉。肖像畫得很粗糙，但是絕對錯不了。在**目標**之下是克提斯・富特的姓名與人像。這期的**目標**是這麼寫的：

> 如果你懷疑，為什麼有幾百萬人生活在貧困之中，其他人卻因為這些人的勞力而富有，克提斯・富特大法官的決定可以給你重要的答案。打從他進入政界，他贊成的每項法案都是在維護資本主義、壓抑勞工，至於他反對的法案，都是在為窮人爭取平等正義。四年前，總統任命這個種族歧視者進入最高法院，自此他就設法將黑人從政府那裡得到的一點麵包屑全數收回。他的決策顯示他對我們麻木不仁，也不理會我們為爭取正義與黑人人權所做的抗爭。如今他已經辭職，用他在美國境內的法西斯主義與種族主義做靠山，打算競選總統。
>
> 兄弟姊妹們，克提斯・富特與他的妻子正在島上做客。他們住在聖約翰島上的月桂灣蔗園飯店，第三十二號小木屋。好好「照顧」他們。

史匹曼讀完這段充滿挑釁意味的人物側寫，覺得很不對勁，這樣的攻擊很容易煽動狂熱份子對富特夫婦採取極端作為，他認為富特應該知道這種可能性，也許可以採取必要的預防措施。

他將小手冊還給主人時，對戴克教授說：「你有沒有讀到這本小冊子的封底頁？」

「有，讀了。正中紅心，可不是嗎？我有三個過去的學生都因為他而坐牢，他們就是想解放白宮侍衛隊的人。就是這個法西斯主義的鄉巴佬，幾乎只有他一人在鎮壓不合作運動。」

「嗯，或許是這樣吧，但我還是認為他應該知道這件事。你不覺得應該讓他看看這個嗎？」

「也沒啥不可，」戴克回答。「也許我可以趁機教他一點道德正義。」戴克教授從史匹曼手中取回紙張，塞進夾克口袋，朝大法官踱去。

「富特大法官，請容我做個自我介紹。我是哈佛大學神學院的馬修•戴克教授。我有些資料，或許你會感興趣。」

克提斯•富特顯然還因為他跟妻子的口角而心慌意亂，因此很歡迎來者的干擾，說不定能減少餐桌上的緊張氣氛。他深知維吉妮亞的情緒瞬息萬變，有陌生人在場就能輕鬆變好。富特搬了張椅子給教授，並轉身對著妻子說：「親愛的，這是馬修•戴克先生，也許妳記得他，就是那位倡議新墮落主義（new immorality）的人。戴克教授，這是內人維吉妮亞•富特。」

戴克聽介紹之際已然入座，卻感到憂喜參半。連富特都知道他的作品，令他受寵若驚，他也很高興認識大法官那優雅的妻子。但是新墮落主義一辭卻令他不快，這似乎刻意扭曲他那本書的書名。

富特表示要請戴克喝飲料，但在後者回答前，大法官便向妻子說明：「就是這位教授告訴我們，殺人、舞弊、說謊、偷竊都沒有關係，而且事實上是道德的，但是當然，這些傷天害理的事必須是出自愛的需求。」接著他轉回他的客人，繼續說：「我不想對這位偉大神學家的深刻作品，做出不公正的批判。我的話算不算是公正詮釋您的立場呢？」

此刻富特太太插嘴說：「哇，真是完美又迷人的哲學思考。你有沒有一種說辭是，妻子謀殺丈夫在道德上是妥當無瑕的？」她把眼光從戴克身上移開，對丈夫微笑，甜美得很誇張。

這時戴克不再假裝做出親切的表情或語氣。「我不是來這裡跟你們玩道德遊戲的，在這方面，妳丈夫一輩子的事業所展現的盡是麻木不仁。我來這裡是因為有人提到，你們應該知道這本小冊子的內容。作者是今晚為你們演奏的人。」戴克將小冊子留在桌上。接著他起身，以腳跟尖銳地轉身，大踏步走出露台，朝房間的方向而去。

戴克離去之際，特攻隊在中場休息後重新聚集，要開始最後一段表演。然而到了樂團演奏最後主題曲時，大法官終於注意到小手冊背面印有自己的圖像。樂團邊演奏〈黃鳥〉，大法官讀完人物側寫，再次滿臉不悅。樂曲終了，他氣沖沖走向瑞奇・李門。

「我很討厭對我人格的惡意攻擊，」富特說。「假如你在我的庭上，我會判你藐視法庭。」

「但我是在這些海島，而不是在你的法庭上。是你在我兄弟姊妹的法庭上，而且在這個法庭上，大家對你也都只有藐視而已。」

Chapter 9

夏綠蒂亞梅里的羊腸曲徑，反映了城市的過去。打從海盜在港口拋錨，奴隸販子開始買賣人口，以及丹麥的蔗園地主開始出口所謂「白金」的蔗糖，這裡的種種建築迄今尚未有太大的改變。老教堂、雕堡和政府辦公處，依然是小鎮的特色。鍾寧金蓋德（Dronningens Gade）是夏綠蒂亞梅里最主要的購物街，商家在此櫛比鱗次，還有許多舊時代遺留的倉庫。當時這小鎮是名聞遐邇的「西印度群島商業中心」，由於夏綠蒂亞梅里是個大小適中的港口，許多倉庫都得處理經過港口的存貨。

史匹曼夫婦決定利用飯店的旅遊團，在這裡好好玩一天。旅遊團每週出發一次，目的地是這個位於聖湯瑪斯島的港都，他們跟所有觀光客一樣，都喜歡這個喧鬧的山邊小鎮裡的種種刺激。你不必是經濟學家，就會很喜歡商店裡的便宜器皿。

「為什麼這裡賣的東西比波士頓多那麼多？」史匹曼太太問道。

「波士頓的物品總數量當然比這裡多。但妳問的是另一回事：相較於島上人口，這裡的貨品種類繁多。而且這是個好問題。」

「答案呢？」她問道，兩眼一面掃視角落的一家香水店裡，種類多到不可思議的乳液。

「聖湯瑪斯跟波士頓一樣是港都，但兩者有個重大區別：這裏是個自由港，也是世上少數僅存的自由港之一，意思是說，這裡一切都不課進口稅。有些商品我們家那邊沒有，是因為有些外國製造商付不起關稅，但在這裡，還是找得到有賺頭的市場，所以妳才會看到這裡有那麼多瓷器和玻璃製品可供選擇。」

亨利・史匹曼對價格很感興趣，在這裡彷彿如魚得水，因為世上除了這裡，少有其他地方把政府課徵關稅的效應表現得更明顯。由於對貨品好奇，他甚至把鼻子頂在窗櫺上，活像個在糖果店門外駐足的小孩。

「佩吉，妳看這個。這裡有個利華達的計時馬錶，才五十九美元，但在波士頓得花一百一十美元呢。」

不過，史匹曼太太正忙著，對著一只令人目眩的錶垂涎不已。那是塊寶玉的外頭繞了一圈鑽石，外帶一條金手鍊。是支伯爵錶。「我好喜歡這支錶。但你看看價格。」兩千零二十五美元。「在波士頓會不會更貴？」她問。

史匹曼教授估算。「這支錶在波士頓或紐約的售價可能至少要三千五百美元。」

他們一路走下這條大街，史匹曼教授看見照相機、行李箱、珠寶和煙酒等等，也都有類似價格上的差異，但他不覺得意外。史匹曼駐足一家煙草店，決定買個禮物給一位他很喜歡的同事，兩人曾經共同寫過一本書，內容是他知名的價格理論。

「我想買兩盒Carl Upmann的雪茄，要用宏都拉斯桃花心木盒裝的。」史匹曼注意到櫥窗裡的雪茄，比他同事在哈佛附近煙草店買的還便宜五十五%。

「您有沒有看到本店從加那利群島進口的煙？」店員滿懷希望地提議。

「我不抽煙。我是幫一個朋友買Upmann，他抽那個牌子。」

「您的朋友肯定是位鑑賞家。」店員邊包裝邊說。

「就說他的品味很昂貴好了。」史匹曼面無表情地回答。

採購完畢後，史匹曼夫婦到風景如畫的格蘭飯店露台享用午餐，這裡不僅是全島最古老的飯店，而且是在美國統治下營運時間最長的飯店。從座位不僅看得見港口，也看見顏色柔和的房舍點綴鄉間山丘。他們在午餐前，已經品嚐過飯店遠近馳名的香蕉雞尾酒。

史匹曼太太看起來若有所思。她對經濟學通常不感興趣，但此時腦子裡突然迸出一個念頭。「亨利，既然這裡的商品那麼便宜，為什麼沒有人來這裡採購，再拿到波士頓賣掉，賺取暴利呢？」

「這是另一個微妙的經濟學問題！」他攪拌咖啡裡的糖。「如果有人像妳所說的那樣，就可以稱為**套利**。到頭來，在夏綠蒂亞梅里採購的物品，帶到波士頓出售的行為，會造成這裡物價上漲、波士頓物價下跌，總有一天，兩個城市間的物價差，將只有運費成本而已。對我們身為波士頓的居民來說，那就大有好處了。」

「那我們為什麼不這麼做呢？」她問。

「因為如果我們這麼做，就可能得坐牢，」史匹曼口出妙語。「雖然貨物進口到聖湯瑪斯島不必付關稅，也沒有任何限制，但是政府對我們帶回家的貨品數量卻有設限，如果行李價值超過四百美元，就得在海關納稅，而這筆稅金就會使套利行為無利可圖。」史匹曼喝完咖啡，便開始搜尋服務生的目光。

「政府為什麼要這麼做呢？」服務生送來帳單時，佩吉問。

「政府的處置，恐怕不全都是為人民著想。為了增加某一群人的利益（這裡指的是商人），政府必須讓另一群人付出慘重的代價，也就是消費者。」

離開飯店後，他們開始朝舊郵局的方向走去，那裡有個計程車招呼站。佩吉想到小鎮西邊的蘭園看看。街上有一行六個年輕黑人衝著他們而來，他們在狹窄的走道上跨開大步，形成不懷好意的一列縱隊，睥睨的眼神挑戰任何試圖經過身邊的人。史匹曼夫婦如果要繼續往街上前進，就得面對相當的困難與危險。

「喂，天黑後最好別走上這條街。」有個看來一臉敵意的年輕人怒罵著。

史匹曼太太渾身打顫。等到這群年輕人走遠了，她才問道：「他們為什麼要這麼和我們說話？」

「這是這些島上種族緊張的症狀，而這也說明了為什麼這些日子以來，此地的觀光客減少了。」他一邊回答，邊打開計程車車門。他們被帶到蘭園，史匹曼夫婦在那裡待到時候到了，才搭上飯店遊艇返回聖約翰島。

阿爾佛・布雷拉克船長在紅鉤碼頭上等候飯店客人，這些客人都是當天早上，由他載送到夏綠蒂亞梅里去遊覽的。布雷拉克的外表與周遭環境非常相襯，他是最受客人喜愛的人物。黝黑如皮革般的臉龐，說明他在海上經過多少個豔陽天；至於啤酒肚呢，則暗示他在海邊酒吧混了多少個夜晚。年輕時，他指揮一艘在加勒比海各港口停靠的商船，但到了這把年紀，他已經安頓下來，游刃有餘地指揮飯店的格蘭班克號，往返於聖約翰島與聖湯瑪斯島間。

傍晚五點，布雷拉克拉動舵輪上的繩鈴，宣布登船時間到了。他知道除了在逛街的七名客人之外，還會有三個新加入的旅客。人頭算齊之後，他向船員示意啟程，將小船緩緩駛出這位於島上東端的小小港口。到了開敞的海域，他便將舵輪交給兩名船員中的一人，親自走下去歡迎新到的乘客，並與回程的採購團閒聊。面對那些兩手提滿購物袋和酒盒的客人，布雷拉克船長總是可以談笑風生。他會笑他們花光了錢，回家宣告破產。有對夫婦坐在船尾，手上大小包無數，船長便警告他們別讓船隻傾斜，否則會有危險。他以前就說過這話，知道客人頗欣賞這種溫和的玩笑，有人甚至難為情地嗤嗤笑著。

右舷坐了一對夫婦，今天早上他就注意到了，此刻他們似乎礙著了這位和善的船長，他們的膝間並沒有堆滿包裹，腳邊也沒有購物袋。

「看來你們今天賺了很多錢！」他低聲對他們笑道。

「怎麼說？」那位先生反問。

「省一分錢就是賺一分錢，看來你們今天省了很多分。照這麼下去，商人就會有賣不出去的貨了。」

「不，才不呢，」史匹曼教授回答：「**塞伊法則**教我們，省一分錢就是花一分錢，所以你不用擔心那些商品。供給會創造它自己的需求。」

可惜布雷拉克船長不是凱因斯派（Keynesian），面對教授這段奇特的古典經濟學論述，實在想不出任何妥當的回應，只有點點頭會心一笑，假裝同意他的說法。接著，船長向大家說道：「抱歉了，各位。我該去叫組員送茶了。」於是朝廚房走去。

半晌後，兩名船員中的一位出現了，這回扮演的是服務生的角色。俊帥的年輕黑人穿著白夾克，手上捧著裝滿冰茶的茶盤，努力不打翻杯子。他在乘客間穿梭，玻璃杯裡的冰塊喀啦啦地響著。

史匹曼夫婦不想在回飯店的路上買飲料，兩人都是疲倦更勝口渴。事實上，轟隆作響的引擎，加上海上的清新空氣，開始讓史匹曼教授昏昏欲睡。不過，小憩卻被船上另一端的喧鬧給打斷，看樣子，有位新來的乘客正大聲批評冰茶的價格。

「旅行社沒告訴我，船上飲料還得自費。」

一開始，臉色烏如檀木的年輕人顯得相當意外。飯店住客通常不會對他如此大聲抗議，於是他這麼回應：「先生，飯店的政策不是我訂的，請別向我抱怨。麻煩你去找飯店老闆理論。」但是這個板著臉的傢伙，並沒有得到安撫。

史匹曼發現，這名滿頭灰髮的厚斗男子氣得滿臉紅咚咚，恰與白色的亞麻外套形成強烈對比。茶水必須自費的事顯然惹惱了他，此刻認為服務生的回答輕率，更叫他大動肝火。

「如果你是出生在我的國家，就不會用這種方式講話。」服務生聽了後臉上閃過一抹強烈的敵意，但他只是轉身走進前艙。這個蠻橫的傢伙於是轉頭對著坐在旁邊的男女繼續嘮叨。

「一杯茶一美元，在亞特蘭大，這價錢買得到一杯波本威士忌。」那對青年男女也許是來度蜜月的，他們驚慌地猛點頭，似乎因為自己出錢買茶，而顯得很難為情。

原先掌舵的布雷拉克船長錯過了下頭這段不愉快的插曲。他通常在通過海峽的波浪後就會自己開船，以便進行船隻靠岸的動作。接近飯店碼頭之際，他熟練地倒轉引擎，好讓船沿岸邊滑行，直到船身輕輕壓住碼頭邊緣。當船被綁穩、踏板就定位，飯店派來的小姐便上船點名新來的客人，同時在名單上查明抵達的乘客。

「瓊斯頓先生太太？」她聲調歡悅地唱名。

「有！」那看似度蜜月的夫婦回道。

「歡迎你們！登記櫃台往前直走就到。」小姐指向甲板下方的飯店入口方向。

「費休先生，貝索・費休先生呢？」她歡唱著。

那個在船上與人發生爭執、板著臉的老兄坐了一會兒，然後抬起頭來說：「噢，妳說的是我吧。我是費休。」

「歡迎蒞臨月桂灣，費休先生。希望您在這裡一切愉快。」

讀小說學經濟

❖ **套利**（arbitrage）：在兩個或多個市場間買賣外幣、產品或金融證券，利用市場間價格差異賺取價差。

❖ **塞伊法則**（Say's Law）：古典學派大師之一塞伊（J. B. Say）提出的一個有名法則，亦即供給能創造本身的需求。此法則是指，每個生產者之所以願意從事生產活動，若不是為了滿足自己對該產品的消費慾望，就是為了想將其產品與他人換取物品或服務。因此，市場上的總需求與總供給永遠是相等的，全面性的供給不足或供給過剩的現象，不應該會產生。

Chapter 10

史匹曼很早就出現在飯店碼頭，想租些潛水腳蹼。他決定到玳瑁灣沿岸附近的幾個景點探險，有人建議他最好戴上腳蹼，以免在快速的海流裡受傷。對美國本土的人來說，他這天的泳具應該是符合加勒比海風格，但其實他的裝束倒比較適合夏威夷，泳裝穿在五呎三吋的身軀上，看起來就像百慕達布袋褲。

負責裝備的服務生，正忙著為飯店裡較勇於冒險的客人準備水肺，戴上水肺就可以到珊瑚礁探險。這位瘦高的服務生聽見史匹曼進了小倉庫，便帶著詢問的眼神抬頭。「我想去潛泳，聽櫃台說可以在這裡租到腳蹼。」

「你穿幾號鞋？」服務生問。史匹曼在回答前，先在整個倉庫裡張望一番，看他有多少選擇。「六號，但我想先試穿一下，看合不合腳。價錢都一樣嗎？」

服務生在一對水缸上擺了調節器後回答：「腳蹼免費，但要付三十美元押金，如果要面罩或呼吸管，就得多付二十美元。等東西歸回，押金就退還給你。」

史匹曼似乎頗為失望。「現金？飯店這方面的政策難道改了嗎？以前我記得什麼都可以掛在房間的帳上。」

「沒錯，但是飯店發現，他們沒辦法在大辦公室那裡處理游泳設備的帳目問題，因為大家老是在退房前才歸還用具，然後再付帳。」史匹曼在六號櫃子裡發現有雙Memrod的腳蹼，跟他的面罩和呼吸管好像是一對的。他從皮夾裡抽出三張十元交給服務員。

「請在這裡簽名。」服務員遞過一面寫字板。史匹曼拿起鉛筆，寫下自己的名字，接著把收據收好，拿好腳蹼。他正要離開，就被一個迎面衝進儲藏室的莽漢擠到一旁，這粗魯的傢伙操著一口南方口音，大剌剌要人招呼。「租雙腳蹼一天要多少錢？」

史匹曼注意到他就是昨天在船上與人發生不快的那名灰髮男。他預期還會有另一場爭執價格的風波，於是便在門外徘徊不去。

「押金三十美元，不用租金。如果你需要面罩和呼吸管，就要再押二十美元。」

「我不要面罩跟呼吸管，三十塊押金簡直就是在高速公路上搶劫。腳蹼在美國的零售價都沒那麼高。我乾脆買下來算了。」

「不行。飯店只讓我租借器材，但是只要歸還腳蹼，錢就退給你了。」

乖戾的南方佬兀自咒罵兩聲，臭著臉選了一雙腳蹼，丟了三十美元在櫃台上，接著這位明顯不悅的貝索・費休在收據上簽了名，便奔出器材室，途中又將史匹曼推擠到一旁。

史匹曼回房後，便向妻子宣布要去玳瑁灣潛泳，佩吉則是比較想逛花園，於是提醒他：

「要慎選游泳地點，別忘了你不是游泳健將，你知道他們說的海流問題。」

「別擔心，我會很小心的。」他回答。離開了小木屋，逕自朝水邊而去。

他到了潮濕細密的沙灘上，便注意到這天早上海邊只有另一個人。史匹曼站在水邊，離貝索・費休二十呎的左方，看得到他在躺椅上做日光浴。經濟學家朝那方向禮貌性地點頭，便開始思考自己的問題：如何穿上這些裝備？

據史匹曼的觀察，有兩派穿腳蹼的方式：一派是他所謂的「兩棲動物」，蹲在沙灘上，死命地把乾巴巴的橡皮，一點一點拉上來。腳蹼穿戴妥當後，這派的人就得有辦法像隻巨鳥般走路。如果是向前走，這下就得做出誇張的抬腳動作；不然就小步滑動倒退走，直到進入水中。史匹曼認為，這種做法的最大壞處，在於沙粒會弄得腳不舒服，因為在拉扯橡皮時，沙子難免會跑進腳蹼裡。

另一派是「水生動物」，為了避開上述這些問題，索性在水裡穿上腳蹼。但是要成為這派的候選人，就得先做好柔軟操，所以不適用在身手不夠矯健的人身上。前提是，你必須有辦法在波行浪動的水裡，用一隻腳維持平衡，再一面將另一隻腳，穿進在水中漂浮的腳蹼；要不就是屏住呼吸，屈膝坐下，然後用腳尖靈巧地把腳塞進腳蹼中。史匹曼很崇拜這種水中動物，自己卻生來是兩棲類。於是他坐下穿上腳蹼，之後才下水。

他的游泳速度比平時快了些，朝所在的海灣與史卡灘間的珊瑚礁前進。抵達後，他划過去觀察一些腦珊瑚，形狀跟人類大腦的腦回很類似，一小時後他累了，於是開始游回岸上。到了淺水區，他略感焦慮，因為他從眼睛的餘光中，看見一條刺魟在海底的沙上漂游。史匹曼半游半浮地越過魟魚，瞧著牠看似隨興地在海底尋覓腐食。他在觀賞之際，聽見有艘汽艇經過轟隆作響，他探出頭，看見遠方班巴挑戰者號（Bomba Challenger）的藍色船身，正朝托土拉[1]（Tortola）前進，史匹曼於是仰泳躺在水上，等著汽艇看見他，將他帶回岸上。

他一面擦乾身體，卻不由得注意到此刻岸上只有他一個人；原先貝索・費休所在的位置只剩一條毛巾，跟一瓶打開了的防曬油。

❖ ❖ ❖

這幢老宅的陽台如今成了雞尾酒露台，它是園藝愛好者的天堂，舉凡鳳凰木、九重葛、芙

1 英屬維爾京群島中的最大島。英屬維爾京群島位於波多黎各以東60英里，緊鄰美屬維京群島，屬於亞熱帶氣候，由50個島嶼組成，佔地59平方英里，大約15個島有人居住。其中最大的就是佔地21平方英里、擁有1萬9千人口的TORTOLA。

蓉花，都讓周遭燦爛得有如天堂，飯店房客可以在這裡小酌閒聊，一面觀賞。不過，今晚他們不像平時那麼和善親切，有個話題始終纏繞不去：有位飯店的房客溺水了。史匹曼教授目前對這場悲劇仍一無所悉。他和妻子爬上舊石階梯時，對眾人談話時低沉的語調感到不解。他們選了張可以欣賞落日美景的桌子，也是他們最喜歡的位置。

「竟然有人溺水，這不是好可怕的事嗎？哈洛，要是我的話，知道今天下午的海流那麼強，就不會下水游泳了。」聲音來自史匹曼夫婦隔壁桌的一位女士。

史匹曼教授轉頭，看見一位年事稍長的婦人，穿著粉彩絲質褲裝在跟丈夫說話，後者是一位打扮得一絲不苟的紳士，身穿藍色運動上衣，看上去比她年輕幾歲。他將煙頭撢熄在煙灰缸裡，說道：「辛希亞，海灘上有個警告急流的標誌。」他停頓一下，又說：「但是就像所有警告標誌一樣，大家總覺得那只適用於別人。」

「弄個警告急流的標誌又有什麼用？一定要進到水裡才知道，這時都來不及了，不是嗎？」

「不盡然，」他回答。「但我想只要泳技夠好，應該就不是大問題，尤其是如果穿了腳蹼的話。」

「但他們說他**的確是**穿了腳蹼啊。管理設備器材的服務生說，那人溺水當天，他租了雙腳蹼給他。悲哀的是，直到清潔婦說他的床昨晚沒有人睡，大家才知道他失蹤了。」

「妳是說，他一直都是自己一個人在這裡嗎？」

「看起來是這樣。我只聽說他是兩天前才從喬治亞州來的。」

史匹曼教授無意間聽到這些話，他回頭看看妻子，再轉向那個叫哈洛的人說：「抱歉打擾了，我不小心聽到你們剛才的對話。那個溺水的人，是在玳瑁灣出事的嗎？」

「是啊，」哈洛回道，一面將稜角分明的臉，朝史匹曼的方向轉去。「他們在沙灘找到幾樣他的東西。你又怎麼知道的？」

「因為我那天早上遇過他。」史匹曼轉回自己的桌子，他的妻子留意到他臉上閃過一絲不解。他沉吟半晌後，轉身再問。「找到他的屍體了嗎？」

「沒有，」辛希亞打了個哆嗦：「警方說，在這些水域裡失蹤的屍體，都要幾天後才會出現，如果還有屍體的話。他們通常會漂流很長一段時間，卡在珊瑚礁裡，甚至是被鯊魚吃掉。」

聽見這個溺水消息，有個人看來完全無動於衷且默不關心，那就是戴克教授。他看見史匹曼，便朝他們踱了過來，邊拉過一張椅子詢問能否與他們同桌。他沒等回答便說道：「我看你們還沒點飲料。可以讓我請客嗎？」

「我們都要鳳梨代基里雞尾酒[2]。」史匹曼回答。

值得一提的是，這位矮小的經濟學家，並不認為自己是片面接受饋贈。經濟學的基本原理是，天下沒有白吃的午餐，史匹曼知道，這兩杯飲料最主要的代價，就是這天黃昏戴克無論打算發表什麼高論，他都得給予一點表面上的尊重。當史匹曼注意到，戴克喜歡表現慷慨的傾向跟時間成反比，換言之愈晚愈不明顯，於是這代價總算獲得彌補。史匹曼思索著，這不過是需求法則的另一明證。在那五、六個小時的友好時間內，戴克總願意為自己跟另外兩人多買幾杯飲料，等到太陽下山，斜影拉長，他便捨棄主人角色，飲酒量也跟著降低，但他依然強迫聽眾仔細聽。

當然，戴克會認為用「強迫」二字並不恰當。畢竟，在他那談論道德的名著出版後，人們紛紛以高薪聘請他到各個教派團體、研討會和大學去演講。於是他越來越相信，每個人都願意傾聽他在這方面的見解，這是他最愛的主題。他以為，如果不讓史匹曼夫婦有機會參與討論，就未免太不厚道了。

服務生帶著點菜單離去後，戴克趁著談話空檔，詢問這位知名經濟學家是否讀過他的因時制宜的道德觀。

「恐怕此刻我還不太理解這個中心主題。」史匹曼回答。事實上他沒讀過那本書，但他躊躇著，不太情願地詢問戴克，那本書的主要論點是什麼。史匹曼經常發現，許多學術界人士無法用話語簡潔地描述書上或文章裡的內容。不過，戴克並沒有等人請他開口。

「我在我的書裡表示，在某些情況下，執著於某些絕對的原則，反而導致不道德的結果。我相信，由於西方國家的教會以聖經或自然神學為基礎，誤將一些道德格言升高成絕對的道德原則，而造成極度嚴重的不公平狀況。沒有什麼絕對規則。人類沒辦法一面遵守絕對原則，同時還保有現代的特性。我的道德觀已經得到神學界的普遍遵循，事實上，我認為其中的理性成分對經濟學家應該格外具有吸引力，因為他們總是特別重視理性。」

「為什麼你認為你的道德觀很理性？」史匹曼問道。

「因為它給現代人一個規則，讓他在不同情境下，因時因地制宜。傳統的猶太基督教派，其道德觀是絕對的。例如：不可偷盜。這點在現代人看來就是不理性，因為他知道偷竊有時是合乎道德的行為。現存的道德廢棄論，給了人們另一個絕對：沒有標準。換言之，無論做什麼，只要在做的時候給自己肯定，那樣就對了，這也讓現代人覺得不理性，因為他們知道這將導致道德上的無政府狀態，而產生不公不義的情況。因時制宜的道德觀顯示，應不應該偷竊，

---

[2] daiquiri，代基里酒。一種雞尾酒，由蘭姆酒、糖、檸檬汁所調製。

到頭來都要看身處的情境而定。」

史匹曼博士表達他的不解。「什麼又是決定性的規則呢？我、或你、或法官、或者清潔婦，要怎麼知道在某個情況下，怎麼做才合乎道德呢？」史匹曼自認知道回答會是什麼，但他等著聽它被說出來。

服務生小心翼翼地來到桌邊詢問：「這位女士點鳳梨代基里是嗎？」

「沒錯，另一杯代基里送到那邊，我要我平時喝的農家樂。」戴克回答。

戴克一直等到飲料就定位才繼續。「是結果決定答案。結果決定某個情境的意義。我的看法是，唯一合格的結果是愛，或是我們神學家所謂的『神愛』（agape）。它可以將**所有**方法合理化，而且其實是將那些方法神聖化，使它們獲得救贖。無論哪種情況，只要自問一個問題：現在，愛要我怎麼做？」

史匹曼眉頭深鎖。「但是，我又如何知道怎樣是有愛的呢？」他詢問道。

「有愛的人，就是會為別人設想的人。在社會正義方面，這有點類似邊沁（Bentham）和彌爾（Mill）的功利主義[3]，兩人無疑為你所熟知，但他們還是很疑惑，因為看不到道德當中的神性。這個神性就是愛，只要是可以為別人帶來利益的事，愛都會去做。」

這就是讓史匹曼不解的地方。身為經濟學家，他很清楚，從科學的角度看來，你很難知道什麼貨品和服務可以用最有建設性的方式，讓別人獲得快樂。將自己的利潤極大化是一回事，將別人的利潤極大化，按理這概念是行不通的。

不過，他還來不及將這想法解釋給戴克聽，戴克便又說了起來。「我所謂的新道德觀，最大好處是同時解決個人與社會的道德困境。例如，聖經上說『不可殺人』，但在因時制宜的標準下，杜魯門總統轟炸廣島卻是符合道德的決定，這決定並不是因為它對國防與國家安全有貢獻，而顯得『公正』，也不因為日本是太平洋戰爭的侵略國，而顯得『公正』，是愛為了終止戰爭，而主導這項轟炸行動，這決定是充滿了愛的，因為只要縮短戰爭，就可以保住許多人的性命，多過轟炸行動中喪生的人。」

「假設日本先發明核子武器吧。如果日本在紐約和波士頓丟原子彈，既然它也可以終止戰爭，那這個決定是不是也一樣有道德呢？」

戴克教授思索了好一會兒，接著承認這也是合乎道德的行為，不過史匹曼感覺戴克對這答

---

3 功利主義（utilitarian）學派由英國哲學家Jeremy Bentham及John Mill所倡導，又稱為實用主義。其主要的主張是，一個行為的好壞與價值取決於其所帶來的結果。結果愈好，代表行為的善性愈高；結果愈差，則行為的價值也愈差。而所謂「善」的行為是指能促進幸福快樂，反之則為「惡」。

案顯得並不怎麼熱衷。

「為什麼人要把愛的動機表現出來呢?」史匹曼問。

「這就是我寫通俗書籍的原因,」戴克教授以傳教的熱情回答。「教育與勸說總有一天會誘發愛的行為。」

史匹曼通常假設人都以利己為出發點,而非出自愛。而且,他對利己的假設並不附加任何道德意涵,因此戴克認為人可以單純以愛為出發點的主張,無法被史匹曼理解。多年來,他都是個不可知論者,他想起猶太學校裡的一句聖經經文:「人心比萬物詭詐,壞到極處。」這句經文引起他的共鳴,他暗忖,有一天他得重新思考一些神學問題。

然而在此同時,那位神學家還在暢言許多情境,其中覬覦、謊言、姦淫、偷盜都是合理的,他就像稱職的演員,把最精彩的留在最後。他熟悉的例子,其中連謀殺都可以合理化,就像他喜歡說的:「第六誡其實應該是:不可殺人,但能夠減除罪惡的情況除外,這時愛會允許你有此行動,甚至是要你這麼做。」

「你是說,在某些情況下,即使預謀殺人在道德上也說得過去?」

「某些情況下,是的。」

Chapter 11

蘿拉·波克將刀鋒寬闊的器具插進石縫，她在刀鋒上施力，已經開始令刀柄彎曲。剛過正午，鷹巢點小徑熱氣逼人，她的卡其襯衫已經濕透，眉頭落下的汗珠暫時模糊了視線，她從袋子裏取出毛巾擦臉。在這時刻，即使是飯店員工也不工作，但這位身手如男子般矯健的波克小姐，卻是決心堅定。

她翻遍袋子，取出一柄薄刃長刀，熟練地在同一塊石頭上挖掘起來。接著她細看自己的成果，取出一把可能是油漆匠用的小刷子，將碎屑掃開。她再次凝視石塊表面，閉上雙唇滿意地微笑，於是拿起膝蓋旁邊橡皮套上的照相機，拍下自己的努力成果。

但是，她在按下快門之前，突然轉頭朝小徑的方向看。難道是她的想像嗎？還是真的有人接近？吹風管深沉的迴音使她難以分辨。她不想冒險，便拿起隨身用具躲在巨石後，如此一來，從森林那頭小徑的方向就看不見她。波克小姐在那裡靜靜等著，直到確定自己聽見的，不過是遠方一根樹枝墜落的聲音。她走出藏身處，繼續獨自進行的工作。

有個放大鏡，是用來更仔細觀察裂縫的，這時它被放回盒子去了。她離開石塊，從工作褲口袋取出一只羅盤。看好方向後，這名女子又靠近石塊，拉開一根金屬捲尺，打算測量碎石遍布的小徑寬度。伸長捲尺後，她用斧頭鈍的一端，將兩根木樁打進土裡，一根在石塊邊，另一根在靠近吹風管那頭的路上。

但是，這時她又被打斷了，這回聲音出自水邊突起的石塊。她聽見某人的聲音，她猜是游泳客從水底冒出來，朝鷹巢點小徑而來。此刻她的感覺不只是「驚訝」兩字可以形容。蘿拉・波克來過小徑的此處，從沒想過她的努力成果，會被一個從如此困難角度攀爬上來的人破壞，而且這還是會要人命的角度。她知道這裡的海流無法預測，只有很強壯的泳客，才能從這些海島的沙灘安全游到這裡。

她快速收拾好工具，走上小徑，往北折回飯店。她在燠熱的空氣裡蹣跚前進，一面盤算著，晚些一定要回來結束工作。

❖ ❖ ❖

史匹曼夫婦在黃得燦爛的樹蔭下等著，史匹曼教授向妻子提議，去參觀克魯斯灣那風景如畫的小村落，因為他用近乎羞怯的語氣跟她說，他想實地觀察公共碼頭附近裡外的市場行為。佩吉同意隨行，因為可以趁機參觀鎮上的博物館，據說從裡頭的陳設可以清楚看到聖約翰島的歷史。

從飯店西南方沿小徑走，可以來到克魯斯灣。許多觀光客來到這裡，至少都會走這一段，這是有道理的。亨利・史匹曼喜歡散步，如果一切條件都相同的話，今天大概也會選擇這種交通方式，但是人類在做各種決策時，並不盡然一切條件都會相同。

有一點是時間問題。佩吉覺得很遺憾，丈夫似乎不再有度假的輕鬆心情，她深刻感覺到岱克爾將軍被謀殺的事，似乎佔據丈夫不少心思，就像在接受經濟學難題的挑戰。今天他急著想去克魯斯灣，熱切的程度彷彿參加新古典經濟學的研討會一樣。因此，優閒地走上分隔飯店與小鎮的陡坡，就會浪費太多寶貴時間。

此外，這還牽涉到妻子的舒適問題。小徑是很陡的斜坡，總有可能因為絆到路上石頭或樹根而摔倒。史匹曼知道當地企業家提供一種更快、更舒適的服務，這點他並不意外，他知道兩人搭計程車到克魯斯灣來回一趟得花四美元，以真正的代價來說，這是比較理性的選擇。

等計程車時，他們一面欣賞附近樹叢裡，有隻貓鼬在蠍蠍螫螫地鑽來鑽去，模樣頗為滑稽。從外表看來，這隻小傢伙介於松鼠和鼬鼠之間，但它對島上生態的貢獻，遠超過扮演小丑為觀光客所帶來的笑果。這種貓鼬是在十八世紀被帶到聖約翰島來，好驅逐島上的老鼠，但因為貓鼬跟老鼠的作息不同，因此沒達到預期效果。白天活動的貓鼬跟夜間活動的老鼠始終碰不到面，但這小動物在驅除島上的蛇類上，倒是居功厥偉。

「要去克魯斯灣嗎？」一名老黑人計程車司機從車裡喊著，一面將褐色小巴士停在糖廠廢墟下方的停車場。那隻貓鼬大吃一驚，一個箭步逃走了。

「對。」佩吉答道，他們進入陽光裡，朝車子走去。

「車錢是一趟兩美元，對吧。」丈夫說道。司機點點頭，咕噥著同意這價格。他們爬進車，試著把門關上，卻關不起來。

「你關門的時候，必須同時把門抬高。」司機解釋道。但亨利・史匹曼似乎沒這力氣，因此司機自己下車，把門關上。

計程車開出停車場，穿過飯店背後，過了為飯店員工保留的住處。史匹曼夫婦看著工作人員在這環境生活，覺得自己活像是入侵者，佩吉還有點罪惡感，她在飯店的居住條件，與工作人員的住處形成明顯對比。另一方面，她的丈夫卻明白，月桂灣工作人員的住所，比一般島民要好太多，跟佩吉不同的是，史匹曼是個訓練有素的經濟學家，他知道其他地方的人大多得砍柴挑水，然而重點是，聖約翰島住民在砍柴挑水的生產力，都強過其他地方的人（他們的收入自然也高得多），因為那些企業家先來開路，在這一度被遺忘的島嶼上，蓋了座休閒旅館。史匹曼相信，每個國家的歷史都會記錄社群中的極少數人，他們為多數人定下步調，促進經濟活動。

飯店通往克魯斯灣的路蜿蜒曲折，有些相當陡峭的上坡與下坡。進入小鎮前的最後一個下坡路段，有個地點可以俯瞰克魯斯灣全景。

「我太太想去博物館參觀。可以放我們在那裡下車嗎？」史匹曼問司機。

博物館是在行政大樓的較低樓層；行政大樓是棟龐大的白色方塊住宅，在該島仍屬丹麥領土時代的建物，是總督的官邸。那棟建築的落點，正好將克魯斯灣一切兩半，如今除了展示島上的手工藝品和紀念事物之外，裡頭還有幾間政府辦公室。

「這裡到公共碼頭只有一點路。我從這裡走過去，妳看完那些展覽後過來找我，我們再找地方吃午飯。」

「我在這裡應該不會待超過一小時。你的時間夠嗎？」佩吉問。

「夠了，我想我一小時就很滿意了。」

兩人分手後，史匹曼教授優閒地往碼頭方向踱去。往返於鄰近島嶼間的渡輪，早晚都停泊在這裡。

碼頭是個長條形的水泥板，但因為北邊一排電線桿上，懸掛許多綠色和白色的三角旗，因而抒解了僵硬死板的感覺。

從遠方看去，史匹曼覺得碼頭給人失序混亂的感覺。一艘渡輪剛抵達，乘客陸續下船，帶著加力騷口音的對話聲傳進他耳裡。有些人必須用紙箱護住自己，還有人則是迎向正在等待的親友。什麼樣的人都有，白人黑人，大人小孩或青少年，似乎是平均分佈，每當有船到達，就會瀰漫一種類似嘉年華會般的氣氛。

史匹曼一路走下水泥板，發覺造成這場騷動的，是加勒比日出號的抵達。那是艘四十呎長的鐵殼船，在克魯斯灣和夏綠蒂亞梅里之間晨昏往返。史匹曼注意到令他欣喜的事，即除了乘客外，還有各式各樣的貨品隨船到達，船員剛卸下一具電視架、一張鎳合金的餐桌椅組、一座爐台、一套運動器材、一個舊書架、各種尺寸的皮箱，以及紙箱裝著當地商店要販售的商品，另外還有具汽車冷卻器擺在碼頭。然而，林林總總的品項，似乎都以某人為指定收受者。遠看似混亂的一切，靠近了看，卻展現令人驚奇的秩序。

史匹曼猛地想起一個寓言，如果我們跟火星來的訪客說，世界被分成非計畫經濟與中央計畫經濟的經濟型態，火星人一定認為克魯斯灣碼頭的經濟是很出色的計畫經濟，每樣物品似乎都有歸屬，然而需求與貨品間的契合，則完全出自亞當・斯密所謂「簡單明顯的大自然自由制度」運作的結果。史匹曼相信，這不僅是經濟理論的弔詭之處，也是經濟的偉大發現，亦即最有秩序的經濟，都是最沒有經過計畫的。

碼頭上的作業，讓史匹曼想起他常跟哈佛學子談到的一句話。在一八五〇年代，有個名叫費得萊・巴斯夏（Frederic Bastiat）的法國經濟學家，談到有回他去巴黎，心知如果必要物資沒有在第二天運抵，整個城市不久將陷入飢荒，引發強取掠奪。然而大家都睡得很安穩，不會因為恐怖的未來而遭受干擾，哪怕當時的政府，完全沒有出面負責運送物資。史匹曼在克魯斯灣也看見巴斯夏在巴黎觀察到的縮影。

這位經濟學家站在漆藍邊的渡輪旁，看著最後一位乘客下船，無疑那就是船長，碼頭上只有他頭戴白色鴨舌帽、身穿白色襯衫與卡其褲，令他想起飯店的布雷拉克船長，唯一差別在他的Hush Puppies休閒鞋，其餘都是標準裝束。

但對菲莉希亞・杜奇思來說，眼前卻有個突兀的畫面，她剛在購買船票的票亭邊轉了一圈。在她看來，史匹曼教授在碼頭邊的人群中看來很不協調，她從碼頭前方看過去，看見史匹曼教授正比手畫腳跟加勒比日出號的船長講話。她觀察兩人老半天，直到注意力被長達三秒的汽笛聲吸引，宣告另一艘船的到來，這次是改裝的登陸坦克（LST），沒有乘客的貨輪，專門運送機械或材料等大型物件到聖約翰。

杜奇思太太好奇地望著教授上了船，跟船長似乎也攀談起來。史匹曼教授從登陸坦克下來後，他的女性旁觀者便迎了上來。

「史匹曼教授，早知道你要來克魯斯灣，我們就可以共乘計程車了！」

「哦，嗨，杜奇思太太。」史匹曼教授在一些剛抵達的雞籠子間閃著身子走路。「妳知道佩吉也來了嗎？她會很高興跟妳在一起，她去參觀博物館了，不久應該就會過來。」

「教授，你們怎麼會來這裡？」

「現在連我自己也開始納悶起來了！妳呢？」

「哦，我常來克魯斯灣。好多當地婦女會來這兒採購，我就趁機考考她們的烹飪技巧，同時核對食譜上的名詞，有時得到一個食譜得花幾小時呢！」

他們的對話還沒結束，史匹曼太太便回來碼頭上，加入丈夫跟這位岱克爾將軍的寡婦表妹的談話。三人愉快地談起這天早上的活動，直到碼頭遠方的喧嘩聲，吸引了史匹曼教授的注意力。

「一定是有漁民的晨間漁獲上岸，不然就是我猜錯。」

「哦，」史匹曼太太歡呼：「我想去看看。我來的正是時候。」夫婦兩人連同杜奇思太太，朝碼頭另一邊走去。

兩艘相當老舊的木頭划艇，用船外馬達驅動著往碼頭邊靠，原住民漁民操著加力騷口音，開始跟碼頭邊的人們討價還價起他們的漁獲。魚都躺在船底，有些還在喘著氣，多數買賣的最後一個步驟，就是賣方用一根粗短的棍棒敲打魚，再將牠交給買主。

「這些魚如果今晚烹調起來，會很好吃。」杜奇思太太談起自己的本行，帶著專家的全副自信。「尤其是用油煎。無論用煮的或烤的，等個一天都不會嚴重破壞風味，但若要用煎的，就一天都不能等。這麼新鮮的魚很少見，這些帶著亮黃斑點的叫『石斑魚』，你們住的地方也許都看不到，不過可以用鱸魚代替，味道很類似。」杜奇思太太在喧鬧中解說，在她寫的食譜裡，如果遇到一些食譜發源地之外找不到的奇特美食，就經常得建議替代食材。「不過，只要有那個地方的香料就可以了，」杜奇思太太主張道：「同樣的口味與香味都複製得出來，即使是在印第安納波利斯的廚房裡。」

史匹曼教授看著漁夫大聲叫賣、喊價、還價，接著把魚熟練地綑在一起交給客人。這天早上，他第二次想起亞當・斯密寫的，人類都有以物易物的習性，他的學生只能偶而在同一個市場，同時觀察到買賣雙方的行為，因為在他們的經驗裡，需求與供給的力量往往都是透過文字或電子溝通傳送。但是史匹曼思索著，這裡就像在新英格蘭鄉下的拍賣會，可以見證到供需力量真的會往平衡狀態移動。無論是鱸魚、鯛魚甚至螃蟹，都會有市場的清算價格。

「那不是飯店服務生嗎？」

菲莉希亞・杜奇思聞言轉身。僅僅數呎外，站著一個熟面孔的黑人。他身穿黑長褲、白襯衫，正設法吸引某位漁夫注意。

「是啊，我認得。那是維能・哈伯利，一直替我表哥服務的那名餐廳員工。在我看來，他是個很陰沉的人，老喜歡藉故生事的感覺，但將軍卻似乎並不在意。我表哥說，『只要他有效率，把事情做好，那就無所謂。』」她的嘟噥聲越來越小，比較像在自言自語：「唉，我可憐的表哥，願老天保佑他靈魂，我猜他現在不管在哪兒，都會後悔當初沒聽我的警告，我說的十三號的事。」

「妳覺得，他來這裡是幫飯店買魚嗎？」史匹曼太太問。

「哦，老天，不是的，」杜奇思太太反駁，注意力又回到同伴身上。「有關飯店在這方面的管理情形，我有幾種理論。工作人員來這裡買魚是為了家裡要吃的，客人都是吃冷凍魚！妳覺不覺得有點令人遺憾？」

「懷德先生是這麼告訴我的。不過，他當然說這種魚比較好吃……冷凍的。真是胡說八道。當然，他想讓我覺得客人在這種愚蠢的經營方式下，得到比較好的待遇。」

三人行中最矮的一個開始發表高見：「不過重點是，客人的確是獲得比較好的待遇啊。」

「吃冷凍魚哪算比較好的待遇？新鮮的魚才好吃！」

史匹曼決定修飾說法。「但是，如果怕萬一沒有魚吃，那就寧可還有冷凍魚。」接著，史匹曼說教般地努力解說庫存問題。他指出，購買冷凍魚可以保證手邊總有存貨，來滿足所有飯店房客的需求，同時廚師也可事先規畫菜單。照史匹曼推論，如果要仰賴新鮮的魚，表示這天的魚類都無法預期，只能看當日的漁獲而定。此外，飯店也無法保證房客晚餐都吃得到魚。

「所以你看，這些事都牽涉到取捨（trade-off）問題。所以，比較有利的情況很可能是，我們確定吃得到較不那麼美味的魚，而不是無法預料能不能吃到比較美味的鮮魚。」

「懷德先生告訴我，近年來這一帶的漁獲或許都不會太多。他說原住民捕魚捕得太兇，剩下來的數量不夠繁殖。」史匹曼太太插嘴道。

想到海裡沒有魚，杜奇思太太簡直無法忍受。她對著史匹曼教授搖搖手指，警告：「魚的處境，豈不是你所謂追求最大利潤的最終結果嗎？現在我終於了解，戴克教授為什麼不喜歡資本主義。」

「追求最大利潤，對；資本主義，錯，」史匹曼輕輕回道。

「我來解釋一下。資本主義若要符合大眾利益，就必須有私有財產。買賣雙方都有強烈的私人誘因，將自己使用或出售的物品價值極大化。戴克相信，漁民過度捕獲是追求最大利潤所造成，不過這是因為水域並不特別屬於某一個人，才會有這問題。並不是因為資本主義導致利潤追求者的濫捕，而是因為這裡欠缺資本主義的主要特色，也就是私有財產，這才是妳疑慮的根源。」

杜奇思太太否認自己以為，追求最大利潤與資本主義是同一回事。

「完全不是資本主義的問題！古巴漁船當然不是資本主義國家的船，他們跟我們在這碼頭上看到的漁民一樣，都很想從海裡撈到魚，即使世界上根本沒有資本主義存在，妳還是會面臨同樣問題。另一方面，如果資本主義無所不在，而且連海洋也包括在內的話，問題就根本不會存在了。」

所謂共同資源的經濟學（economics of the common pool），是史匹曼的研究興趣，他在暖身後，提到他在課堂上最喜歡舉的例子。「妳會留意到，懷德先生完全不擔心牛肉用完了。為什麼擔心魚而不擔心牛肉呢？因為牛肉的物主是誰，定義很清楚，有強烈的誘因讓他們維持持續且有利潤的供給，但是漁夫卻沒有這種誘因，一條魚沒被這個漁夫抓去賣，就會被另一個漁夫抓走。」

「真有意思啊，史匹曼教授，你早該和戴克教授說，也許連他都會贊同你的看法。」

「我可以肯定，我們都認為海洋不該被濫捕；我相信他缺乏的，是用來分析這問題的理論工具。」

這三名飯店房客在克魯斯灣碼頭又待了二十分鐘左右，閒聊旁觀。在這段時間，碼頭上的生意清淡了些，因為清晨的渡輪朝其他小島航去，漁人也賣完這天的首輪漁獲。

「妳覺得，我們該在克魯斯灣找個好地方吃飯嗎？」他們啟程離開碼頭時，佩吉・史匹曼問杜奇思太太。

「我知道一間很棒的餐館，賣的是原住民菜色，不過得趕快才行，我不想錯過今天下午飯店的鋼鼓樂團演奏會。」

他們走了幾步，跟一位駝著背，看來相當羸弱的黑人婦女擦身而過，她正彎腰整理一只小麻布袋，髮際的黃絲帶跟一身灰褐色的裝束，產生僵硬的對比。她正將三條小魚放進粗麻布袋，有個年輕黑人來到她身後，他招呼這位老婦人的聲音充滿敵意，令史匹曼夫婦和杜奇思太太吃了一驚，這名年輕人就是飯店服務生維能・哈伯利，他們先前留意到他。

「老太太，我聽說妳跟警察說了些與妳無關的事。」他站在這被欺負的對象面前，比她整整高出一呎，臉上因憤怒而緊繃。「下次文森探員再來問妳瑞奇的事，最好把嘴巴閉緊一點。」

李門老太太拿起袋子，後退離開眼前的惡人。史匹曼夫婦察覺到她臉上帶有恐懼的神情，但她不發一語，便疾速離開碼頭。

史匹曼夫婦在克魯斯灣用過午飯，便回到月桂灣蔗園飯店，他們正好躲過一場加勒比海突如其來的暴風雨。暴雨後的微風送爽，房間也就涼快下來。早上的遊覽挺累人的，於是兩人決定小憩一番。

午後醒來，亨利・史匹曼認為還有時間做件事，不是去參加午後的演奏會，就是利用晚飯前散個步。他還記得杜奇思太太在午餐時的推薦，因此現在他比較想去散步。史匹曼換上百慕達短褲，但因為身型短小，穿起來長度到了小腿中段。這一天他決定再到鷹巢點小徑散步，散步總是有助食慾，尤其是吃了好幾天飯店那重口味又菜色豐富的餐點後，胃口多少有點遲鈍了。

那天下午，小徑安靜得很不尋常，連鳥叫聲都似乎靜止了。唯一能辨識的聲音，是寄居蟹偶而發出的搔刮聲，和疾行而過的蜥蜴造成的葉子沙沙聲。

寂靜剎那間被打破。史匹曼教授嚇了一跳，因為他身後有些物事發出聲響，在午後的一片死寂中，這聲響似乎在史匹曼耳中迴盪，一個念頭閃過腦海，在他背後的小徑上，似乎有些不詳且未知的危險正威脅他。史匹曼一生中，很少體驗過這時刻的恐懼感，他倏然轉身，看見富特大法官的身影正朝他靠近，鬆了口氣的感覺瀰漫他全身，他退到路邊，讓這位知名大法官經過。富特如陣風般拂過，史匹曼暗罵自己無由的焦慮。

於是他重拾腳步，一直走到路上最大的木棉樹旁。他習慣在這兒歇歇腳，因為在這裡，可以聽到吹風管深沉的**咻咻**聲。

不過，這天下午史匹曼仔細聽著，卻沒聽見任何聲響。他疑惑地朝著那獨特巨石的方向前進，可是就連他幾乎已經站上巨石，都還是聽不見任何聲音。他一如往常般感到好奇，決定向前一探究竟。

他從邊緣往下看，直直望進楔狀的斷層，他意外看見一個物體，落在波浪衝擊巨石的裂隙底部。剛開始他看不出那是什麼，以為是石頭掉落而嵌在吹風管裡，但他不久便發現自己不但錯了，而且太樂觀；因為這駭人的真相是，躺在吹風管裡的物件，是那身世顯赫的慢跑者，幾分鐘前，他才跟史匹曼擦身而過。

Chapter 12

週六夜，對月桂灣蔗園飯店來說是個特殊的時間，舊糖廠的廢墟，如今被改裝成開放式露台，飯店經理在那裡大宴賓客，於是酒吧幾乎不做生意。露台中央有個用柱子支撐的巨型圓錐屋頂，客人可以放眼向四方遠眺，看盡低地、海灣與鄰近的山丘。

一有客人走上露台走道，經理夫婦就上前迎接，邀請品嚐飯店最有特色的雞尾酒「農家樂」（準備可觀的數量），大啖熱騰騰的干貝與蝦的培根捲，以及包裹葡萄葉的烤肉丸。晚宴的常見特色是背景音樂，即從克魯斯灣進口的鋼鼓樂團演奏。然而，這天晚上鋼鼓樂團卻沒出現，而且氣氛比上回大家在討論貝索・費休的溺水事件時，還要凝重得多。溺水是意外，這回卻是謀殺。

不難理解，這天晚上人們對話大致是這樣：

「我敢說他老婆一定不像一般哀悼亡夫的寡婦。」

「怎麼說？」

「因為打從他們來到這裡，就像老虎一樣吵個不停。」

「警方認為，他是被一個或一群黑人殺死的，他們或許也涉及聖克洛伊島的案件。」

「喂，哈洛，他們也不確定，只是猜測而已。」

「我也聽過，就連這裡的服務生都不喜歡他。」

「真的，有幾個人正在接受警方訊問。」

「哇，整個事件實在是太恐怖了。我們明天就要退房了。」

「你得看警察會不會放你走！」

「他們說，發現屍體的，就是旁邊那個矮個子。」言者指向史匹曼教授的方向。

「我聽說他在事發前不久才見到富特。」另一位客人大聲說著耳語。

史匹曼感到渾身不對勁。首先，他不喜歡在這種對話中，被當成談話的焦點。其次，聽說這不是意外，更令他毛骨悚然。初步驗屍報告顯示，致死的傷痕是後腦部位的頭蓋骨遭鈍器死命一擊。此外，在他向警方報案發現富特屍體之後，警方隨後的偵訊也令他累到極點。但他假裝不表現出太難受的樣子，因為不想讓自己的情緒更進一步影響佩吉，她已經夠混亂的了。

史匹曼心知，要把心思從這悲劇上移開，唯一的方法就是轉移注意力，他知道佩吉如果看見丈夫正忙著最愛的活動——觀察其他客人的消費行為——就會安心些。同時他也知道，這是個可以轉移注意力的活動，因為對史匹曼來說，這就像他在課堂上一再重複的，經濟學就是這麼一回事，偉大的劍橋經濟學家馬歇爾（Alfred Marshall），不就把經濟學定義為「研究人的日常生活」嗎？而且這句話不也就是這領域最偉大作品的主軸嗎？幾個比較年輕的同僚認為，經濟學就是要解開一些抽象，且與真實事件無關的謎，因此這定義對他們來說顯得有些老派，史匹曼卻很認真看待。

史匹曼看到，有對夫婦正在狼吞虎嚥免費肉丸，他看他們吃著，直到滿足為止。接著，他將眼光轉向其他地方。

這時，馬修・戴克的行為吸引他的注意力，因為今天的戴克異於往常，他似乎比較嚴肅，甚至是在沉思。史匹曼饒富興味地看他抱著一杯農家樂，他繼續觀察了一會兒，戴克才注意到他這位同事，開始朝他走來。

「島上顯然有人知道，應用我的道德理論有多重要，你同意嗎？」

「無論是誰，我希望殺人犯很快就會被逮捕，接受制裁。」史匹曼答。

「可是你沒看到嗎？」戴克極力爭辯：「在這件案子裡，你所謂的殺人犯其實是在主持正義。他才真正是利他主義者。」

「你為什麼說是『他』？嫌犯的性別確定了嗎？」

「不管是男是女，無論是誰，都是人類的恩人。」

史匹曼教授的妻子原本在和新朋友閒聊，這時面色凝重地過來找他。「亨利，我可以跟你說幾句話嗎？」她走到旁邊，說：「我剛才跟木倫希思夫婦談過，你知道的，就是哈洛和辛希亞，他們覺得那個南方佬，他叫什麼名字來著，溺水的事跟謀殺案有關。」

史匹曼很訝異：「他們為什麼會這麼想？」

「他們認為，溺水事件不是意外。費休先生曾經讓幾位工作人員很頭痛，就像富特跟岱克爾，也許都是必須被除去的人。」她附帶說：「可能還有更進一步的種族問題。你想，我們應該提前打道回府嗎？」

丈夫回答：「佩吉，有些特殊原因，我得在這裡再待上一段時間。」

❖ ❖ ❖

文森探員試著一步步來。他先偵訊發現屍體的教授，但卻找不出史匹曼可能的犯案動機，更何況史匹曼是報案的人。不過文森也想起，真正的罪犯有時會用這種聰明的迂迴戰術。但是，文森同時也懷疑，這麼一個身型矮小的人，真有那麼大力氣，施予驗屍報告顯示的致命一擊？然而，他頭一回跟史匹曼在警局的對話，使他相信這位教授就如自己所說，多少有點不太正常，因此無法完全排除此人犯案的可能。

第二天一早，文森回到吹風管旁的小徑，想找到能指出兇手的蛛絲馬跡。他先從小徑開始找起，搜尋吹風管兩旁的各個部位，不久就查遍小徑兩端各五十呎，卻都一無所獲。接著，他繼續進行更困難的工作，即搜索小徑兩旁的山石與樹林區域。

警察工作不像一般偵探小說給人的印象，並沒有那麼轟轟烈烈。在這熱帶地區的燠熱中，必須在泥土、樹葉、山石與蟲鳥間尋找線索，這種無聊與繁瑣，連最有耐心與毅力的調查員都備感折磨。文森竟開始感嘆，這差事真是乏味透頂，謀殺案的被害人幹嘛這麼早就從最高法院退休，來到聖約翰島。假如富特依然在位，美國聯邦調查局就會負起調查責任，文森就可以全心調查岱克爾將軍的案件，工作環境也就舒服多了。雖說如此，他仍努力不懈尋找線索，目前他已經檢查完小徑外圍的地區，而就在他檢查小徑內一顆巨石下方的地面時，找到了第一個線索，有個紅色物體幾乎就躲在一堆月桂葉裡。他彎下身，發覺那是把小斧頭，斧頭有紅色把柄，斧鋒沒有一點鏽蝕，文森研判這是最近才留下的。他試著抓住斧頭末梢，以免破壞把柄上的任何指紋，或是在實驗室的檢驗下，斧鋒可能透露的任何訊息。他小心翼翼地將它翻面，注意到斧托部位刻有兩個字母，探員從記憶搜索符合斧頭上這兩個字母的名字，他只想出一個人的名字與這兩個字母吻合，他從襯衫口袋取出一枝鈍鉛筆，記下觀察的結果，仔細描繪發現此物的確切地點。結束後，他知道下個步驟是什麼：他要回月桂灣，找到那名高個兒女子，她昨天晚上在飯店的怪異行為，並沒有逃過他的法眼。

「麻煩告訴懷德先生，我得見他一下。」文森探員站在飯店櫃台，等著櫃員用對講機呼叫經理辦公室，努力表現耐性。

「警方要見懷德先生。」

「請等一下，我看他有沒有空。」文森聽見對講機嘈雜的聲響傳了回來，接著經理的秘書指示櫃員傳探員上樓，飯店辦公室在二樓後方，就在餐廳露台的上頭，必須從大廳外的階梯上去。懷德的辦公室在前頭，看得見飯店碼頭與大沙灘，秘書示意他進去，文森點頭。

「在繼續調查前，我想應該讓你知道，你飯店的一位客人已經是富特大法官命案的頭號嫌犯，我必須徹底詢問她，而且很可能必須逮捕她。」

華特・懷德在辦公椅上明顯地扭動身軀。康乃爾的餐飲管理學院並沒有訓練他處理這種兩難的窘境，他知道要保住飯店的形象，就必須讓這件已經公開的罪行盡速破案。但另一方面，他顯然也知道，如果飯店住客遭到誣告，後果將會非常嚴重。

「法蘭克林，我想我沒有必要告訴你，你對這件事情得要多麼肯定才行。這件醜聞已經嚴重傷害本飯店的聲譽，必須避免更進一步破壞營運。」他起身走到窗口。「你看，美麗的一天，大沙灘卻空無一人。」

「我也並非特別喜歡騷擾或驚嚇你的房客。但是，有力證據指向蘿拉・波克，這可不容忽視。」文森看華特‧懷德在辦公室窗口快步來回走著。

「我剛發現，這也許是殺害富特的武器，距離兇案現場僅約二十呎。一把小斧頭，上面刻有L. B.兩個字母。」探員稍一停頓。「蘿拉‧波克（Laura Burk）。」

懷德對這論點似乎很不以為然。「當然，很多人的名字簡寫都是L. B.。」他反駁。「但不是每個這樣的人，都會在富特被殺之前和他討論慢跑的時程！在他死前約五天，我偷聽到這樣的對話。我不是聽得很清楚，但我隱約聽到富特跟這女子說，他每天都會去鷹巢點小徑慢跑。而且我不妨告訴你，在蘿拉‧波克離去後，他們的對話引起大法官和他太太的一陣爭執，這名女子和大法官之間一定有著非比尋常的關係，至少富特太太一定會這麼想，我知道你有所有客人的基本資料，我想看蘿拉‧波克的部分有些什麼。」

懷德回到辦公室，呼叫秘書。「幫我拿蘿拉‧波克的登記資料來。」兩人等了好一會兒，直到一名職業婦女模樣的女子，將一個檔案夾送到桌上，她進出辦公室時，都是不吭一聲的。「謝謝妳，曼佛瑞太太。」門在她身後關上時，懷德說道。「喏，我想表示合作的態度，請看吧。」懷德指著探員索取的檔案，表示他將暫時離開辦公室，讓文森不受干擾地研究檔案。

懷德離去後，這位警探便坐在白色的柳條製辦公桌旁，將寫字板與鉛筆放在桌上覆蓋的玻璃板。他打開檔案夾，抽出一張卡片，上頭寫著：

姓名：蘿拉・波克（小姐）
住址：華府亞伯瑪街三六一五號
城市：華盛頓特區
房號：史卡灘二十六號
住房日期：十二月二十八日，下午四點
工作住址：華府聯邦三角地密羅辛中心，郵遞區號二〇五八〇
一般參考：首都國家銀行
　美國運通
嗜好：健走、潛泳
健康狀態：極佳
附註：希望獨處；男伴需年齡較長
旅行社：波多馬克旅行社，華府郵區二〇五六五
住房日：十二月二十一日起
結帳方式：退房付清

在文森看來，經過初步調查，這張卡片上看起來唯一有意義的，就是蘿拉・波克來自華盛頓特區，而富特法官住在那裡。他還在筆記本記下她比較喜歡年紀較長的男伴，而且獨自參與飯店活動。「年紀較長的男人，」他暗忖：「包括富特大法官嗎？」他不會將富特歸於此類，但年紀較輕的人或許就會。因此，波克小姐可能跟這位前任大法官有曖昧嗎？他們的關係在來月桂灣之前就已經開始了嗎？他在調查過程裡，首度懷疑起維吉妮亞・派丁吉亞・富特。有關富特夫婦失和的流言蜚語很多，文森卻從來不當一回事。他知道，夫妻有時會很想殺死對方，但這通常是發生在激烈爭吵的時候，而不是像這回的預謀殺人，在他看來是造成富特喪命的原因。但是一個吃醋的妻子，因丈夫的不忠而動怒，這又是另一回事，女人在這處境下，會有能力執行最冷血的行動。而且，留把兇器在現場，兇器上刻有三角關係中第三者的姓名簡寫，還有什麼方法比它更容易表示自己的清白？文森靠著椅背放鬆自己，他對自己的推斷理路感到很滿意，關於富特大法官的死因，他不只找到一個，而是兩個。當然，他還沒有確切的證據，但情況似乎理所當然地，偏向應該仔細調查這兩個女人。

不過，在這兩個候選人裡，還沒有誰看起來似乎跟岱克爾將軍的死有關，文森卻必須破解兩起謀殺案，而非原本的一宗謀殺案。在他看來，兩者似乎有關，他不確定。但在月桂灣蔗園飯店裡，客氣點說，還真不像是該發生謀殺案的地方。再說，兩次謀殺案發生的時間很近，難道會是巧合嗎？接著他提醒自己，富特和岱克爾都曾是李門《特攻隊》的**目標**，而且富特死的那天，李門沒有現身演奏，這些想法似乎讓他下定決心，要先詢問蘿拉・波克和維吉妮亞・派丁吉亞・富特，看她們的回答能否讓他信服，只要她們能證實自己的清白，他的下一步動作就是指向瑞奇・李門，跟他的盟友維能・哈伯利。

離去前，他突然想起應該再將波克小姐其他的檔案資料看個仔細。除了登記卡，裡頭還有若干收據，記錄她到目前為止，記在飯店帳上的消費行為。「防曬油、明信片、一個三明治，一趟船到聖湯瑪斯島的消費，大多是酒吧裡的飲料。」他逐一看過，一面喃喃自語。沒什麼特別的，他判定。接著，他便出門尋找蘿拉・波克去了。

文森探員先到巴士站，搭乘迷你巴士前往蘿拉・波克居住的史卡灘，他只等了幾分鐘便上車了。但是，當車子向北經過糖廠廢墟時，他發覺根本不必去史卡灘找波克小姐，此刻馬路的東邊是飯店網球場，等待對手打球的人，正好就是他目前所要尋找的對象。

他踏出慢吞吞的巴士，緩緩踱到網球場邊的休息區。在滿地碎石的露天場地，蘿拉・波克正坐在一張帆布折疊椅上，她穿著傳統白色網球裝，而這在月桂灣是必要的社交裝束。波克小姐的服裝和她古銅色肌膚形成對比，卻又極為搭配。

「波克小姐，我很不想打擾妳，但有件急事必須處理一下。」他凝視她。那是出自他的想像嗎？為何她看起來似乎冷靜得很不尋常？因為，普通人見到執法人員接近時，理當不會如此平靜。文森相信，接近嫌犯的最佳方法，就是不期然出現。他單刀直入地說：「我發現一把斧頭，要送到警方實驗室檢驗，如果是妳的，我相信指紋就會說話，否認也沒意義。」他仔細留意她的反應。

蘿拉・波克似乎在腦子裡編織自己的話語，接著冷靜地說出來。「噢，警官，謝謝你！我不曉得我丟了一把工具，不過如果你找到斧頭，上頭有我的姓名簡寫的話，就沒有必要比對指紋，我確定那是我的。不過話說回來，」她狐疑地望著文森：「我實在看不出，這有什麼好緊急的。」

「妳說妳的工具，是什麼意思？」他邊說，邊在她面前拉來另一張椅子。

「怎麼，我做研究的工具啊。」

「妳做什麼研究得用致命武器，結果又把它遺留在兇案現場？」

「啥，你找到我的……哦！當然了。我一定是急著走，結果把斧頭留在鷹巢點小徑了。我以為有人正要過來，斧頭一定是留在吹風管附近。但你不會以為我……？」

「如果是妳的斧頭，」文森打斷她的話頭：「恐怕我必須這麼想。除非妳可以說明，它為什麼會在那小徑上。」

「我去尋找岩雕，結果留在那裡了。」

「岩什麼？」

「岩雕。你知道的嘛，加勒比海印第安人把圖騰刻在岩石上。說不定你也知道，它們長久存在聖約翰島山區，我認為島的這一端，一定也有一樣的岩雕。」

法蘭克林・文森一臉不可置信的表情，使得蘿拉・波克必須簡要勾勒一番。「也許我應該回頭解釋一下。我是考古學家，你可以去華盛頓的密羅辛中心查證，我的老闆戴崔克・歐登朵夫博士可以證實這一點。反正，如果我能證實我的理論，就能為這些符號的起源和意義找到結論，這在建立西印度群島的考古歷史上是個突破。不過，我的工作必須祕密進行，因為我不希望別的考古學家搶先我一步發表。我知道富特常在這些小島慢跑，所以我決定問他，有沒有留意過這些岩雕。我甚至給他看過一張岩雕的照片，那是我在駱駝堡峰（Camelberg Peak）上拍的，於是他告訴我，他確實看過類似的東西，而且把它記在日誌上。他表示可以讓我看那天的日誌，因為裡頭記載他記憶中發現岩雕的確切地點。我們安排在第二天早餐後見面，他帶來日誌，上頭有他畫的圖，有可能就是我在找的符號。他告訴我，他看見它刻在鷹巢點小徑的一顆大石頭上，就在靠近吹風管，經過一棵木棉樹的地方。」

蘿拉・波克在探員的筆記本上素描岩雕的圖形。法蘭克林・文森認得那符號，因為他在聖約翰島的山區看過不少次。但是對他來說，這符號隱涵的意義卻是邪惡得多，它被選為這個島上黑人人權運動的標記。

這會兒他也傻眼了。他請波克小姐拼出歐登朵夫的名字，寫在他早先從飯店檔案卡上抄錄下來的資料裡。波克小姐說的似乎有可能屬實，但是說真的，文森並不相信有專業能力的女性。她們對待他的方式，不像他生長環境中的女人，他遇見美國大陸來的女子，往往讓他覺得很不對勁。

維京群島的女人總是待在家裡，至少近幾年之前是如此，如果到外頭工作，多半是幫傭或擔任職員的角色，這樣的女人才讓他覺得自在，她們的行為容易預測。但是，像蘿拉・波克這樣的女子就會令他緊張，因為她們扮演太多傳統上只分派給男人的角色。他正打算詢問波克小姐，他親眼目睹的富特夫婦口角是怎麼一回事，因為這場口角似乎是因為她出現在他們的桌邊才引起的，但這時有個年約五十的男人從蘿拉背後出現，喊著：「一點鐘了！要開戰囉。」

文森看著蘿拉・波克從椅子上站起來，迎向這位跟她約好打網球的男子。「訪談結束了嗎，警官先生？我跟這位先生已經先約好了。」

「只剩一個問題，波克小姐。」

蘿拉・波克轉向同伴，建議他先去之前預訂的網球場等她，她隨後就到。然後她轉身面對文森。

「妳跟富特大法官的關係，有沒有可能比妳說得還多？事實上，妳跟他的關係密切到超過妳方才描述的，導致富特婚姻發生嚴重衝突。」

蘿拉・波克啞然失笑。「這純粹是幻想。就像我剛說的，我完全不認識這個人，如果你暗示說富特太太吃我的醋，那我建議你去找她談。現在我得失陪了，警官，我要去網球場會我的朋友。」

「暫時到這裡結束。但我必須要求妳留在月桂灣，直到釐清問題。」

已過正午時分，文森餓了。那天他起得比平時早，小徑上的調查工作，比正常的程序更磨人。既然打算詢問富特太太，就決定不回他平時用餐的克魯斯灣，而是在飯店吃午飯，這想法讓他高興起來，不只因為他餓了，而是這家大飯店的吃到飽午餐總讓人食指大動，有新鮮的瓜類、綜合水果與肉混合的沙拉、多種荷蘭與大陸起士，甚至有各色熱食。於是他從網球場休息區的椅子上起身，滿心期待地朝用餐區走去。從網球場走過去並不遠，而且因為時候已晚，等待用餐的隊伍並不長，探員研究過每道菜後，便用心選了想要的餐點。

他裝滿餐盤，目光掃視室內一番，終於在餐室內一個頗空曠的區域，選定一張面海的桌子。文森期待眼前的珍饈美食，卻也感到惴惴不安。他確定某些客人會對他現身此地感到不悅，這也不只因為他是個警察，雖然他是土生土長的島民，當他享受飯店裡的服務時，卻偶而會有些模糊、格格不入的感覺。

因此，當他聽見背後有人說話時，覺得很意外。「可以和你同桌午餐嗎？」文森探員轉過身，看見一對夫婦來到他的桌邊，原來是克拉克醫師夫婦。要求與他同桌完全出乎他的意料，但他也因為有同伴而鬆了口氣，因為獨自進食未免太惹人注目。和克拉克夫婦一同用餐讓他特別感到慶幸，據他所知，在所有的飯店客人以及與這案件相關的人裡面，克拉克夫婦是最好相處的，他將這點歸因於他們的中西部背景，比起其他從東岸來的人，前者似乎較不重視職銜與地位，例如克拉克太太就不必假裝自己是有專業能力的女人，不會因為是家庭主婦而難為情。

文森很懷疑那些東部人，至少是那些知識份子和矯揉造作的人，其實他是嫉妒像這樣的人。根據經驗，他們甚至會捏造一些有關他們的惡毒故事。他不曉得他們為什麼要這麼做，但有可能是這些勢利眼的人格並不實在，因為他們只會受外在影響，而不是發自內心。

「但願你不介意我們要求跟你同桌。我們看見你一個人坐在這兒，心想你或許希望有伴。」朱荻・克拉克說。

「朱荻，警官也許不記得我們。這是內人朱荻・克拉克，我是道格・克拉克。」文森探員從椅子上半起身，一手拿紙巾，另一手為克拉克太太拉過一把椅子。

「記得，我記得你們。克拉克醫師夫人。」他很慶幸他們的盤子也堆滿食物，以免自己取用的食物顯得太不像樣。

「警官先生，你這段時間一定忙壞了，」朱荻對他說。「我們聽說發生了第二樁謀殺案。你抓到殺第一個人的兇手了嗎？」

「警官吃午飯的時候，一定不希望我們問問題。」

「哦，完全不介意，真的，」文森說。「不幸的是，我得向二位報告，兩起命案都還沒偵破，但我正在追蹤幾條線索，除此之外恐怕無可奉告。」

對話接著轉到日常瑣事，像是天氣、克拉克夫婦的孩子，以及法蘭克林・文森近幾年在諸島觀察到的變化，但在午餐結束前，文森就有了個點子，他決定問克拉克夫婦，他們對他詢問過的一些客人有何看法。

「你們介不介意我問一些個人觀感？我要說的是，你們的判斷對我會很重要，但願這麼說不會令你們難堪。」

「不會啊，只要做得到，我們都很樂意幫忙。」克拉克醫師一併為兩人回答。

於是探員開始問起蘿拉・波克、菲莉希亞・杜奇思、傑・普維特與馬修・戴克，結果答案沒有帶來驚奇，雖然他們跟杜奇思和普維特有些交情，但是對蘿拉・波克和戴克教授卻幾乎不了解。文森想著是否該談起瑞奇・李門和維能・哈伯利，後來決定還是算了，因為他們對這兩人的所知，不太可能有他不知道的。然而，他卻問到維吉妮亞・派丁吉亞・富特，再次證實她跟亡夫的關係果然緊張。幾乎像是事後想起的事，他問起史匹曼教授，然而他多少有點意外地發現，在所有客人當中，他們最喜歡的要屬史匹曼夫婦。

「謝謝你們與我分享種種印象，而且我很喜歡跟你們一道用餐。」文森探員先失陪後，便朝維吉妮亞・派丁吉亞・富特所住的小木屋而去，從用餐區到那裡只消步行幾分鐘的時間，它座落在月桂灘，這是該飯店最大的海灘。

在一般客人口中，月桂灘的形成是個謎。他們認為，這裡的沙質輕柔，使這沙灘優於其他。沙的質地介於精製糖與糖粉間，走在上面令人心曠神怡，文森探員穿著襪子和涼鞋，渾然不覺月桂灘的迷人之處。對他來說，月桂灘不過是他最容易走的路，他走了一百碼，很快到了富特的小木屋，用力敲響面對海灘的前門。

「等一下！」他聽見富特太太喊著回應。不久門開了。維吉妮亞・派丁吉亞・富特站在門口，一臉的寧靜與自信，穿著一件雪白晨袍，腰帶整齊地繫在腰間。法蘭克林・文森做過自我介紹，並出示證件。

「我還在想，你們什麼時候會來問我。我知道我在這個形式沒完成前，是不能離開這座小島的，但我通知過你們辦公室，我明天就得走。我先生的遺體明天就要運回美國，我打算護送他的靈柩。」

「我想問的問題應該不會太花時間，富特太太。我可以進來嗎？還是妳覺得到克魯斯灣的警察局，會覺得自在一點？」

「請進。我想盡快結束這事件。你可以想像的，我多少還處在受驚的狀態。」

「可想而知。我致上最深的同情。」他跟隨她進入小木屋的前廳，坐上她示意的椅子。她坐上柳條椅，等著文森的問題。

「富特太太，妳有沒有想過，是什麼理由讓人想殺害妳先生？也就是說，他有沒有什麼敵人，也許是個人恩怨，或是妳先生做了什麼事，有人想報仇？」

「我先生有沒有敵人？」她輕描淡寫，卻語帶嘲諷。「自由主義者、社會主義者、少數民族團體、馬克思主義者，這些人的共同特色，就是他們都痛恨我先生。要知道，他是高度爭議的人物，無論是在參議院或法院，許多人都用暴力反對他。我猜，在他的政敵以及法律上樹立的敵人裡，有些人會不惜殺掉他。」

「但妳知不知道，是誰最有可能做這件事？妳先生有沒有談過這樣的人？甚至是收到威脅信函或電話？」

「我先生收過數不清的辱罵信，但他總把它們當成怪人的作品，不當一回事。」

「妳先生最近有沒有跟飯店的什麼人起過爭執？」富特太太細述他們剛到月桂灣不久，曾和瑞奇・李門有過口角。她解釋道，大法官發現自己被李門的《特攻隊》列為**目標**，於是去找那位樂團團長理論。事後他告訴她，李門如何威脅他，維吉妮亞回憶她的丈夫對此事件的震怒反應似乎很不尋常。

「妳的回答對我們很有幫助，富特太太，」文森回答，顯然很高興得到這訊息。「妳還記得，妳先生跟飯店的任何人有什麼關係嗎？」

「沒有，但沒什麼好驚訝的。即使有什麼事，他也不見得會告訴我。我先生跟我沒什麼交集，我們可能幾天都說不上幾句話。事實上，他在私生活上是很神秘的人，只會把想法和觀察到的一切寫在日記上。我並不介意。警官先生，我可以坦白跟你說，這些話你或許也從別人那裡聽過，我先生跟我個性不合。他的興趣是運動，我只喜歡藝術和戲劇，但我並不反對運動，事實上我喜歡航海跟騎馬，但我先生討厭這些活動，他說這些都是有錢有閒的人消磨時間的方式。哦，警官先生，你看，他們都說他娶我是『高攀』，像這樣的人在他們的配偶圈子裡，通常很難覺得安心自在。我所有的朋友和家人都想辦法讓他覺得他很受歡迎，即使他們覺得他很粗魯，也還是破格給他禮遇，但他老說他們怨恨他，幻想自己老是被人輕視。」

「究竟是哪一種輕蔑的話會惹得他不高與?」

「哦,那都是想像來的,就像我說的。但是克提斯認為自己是參議員,又擅長運動,就應該獲得非比尋常的尊重。但他始終不了解,他的政治地位跟男子漢的形象,在我的朋友圈裡只是更加格格不入。因為他生性難伺候,我們大多是各走各的,我一點都不懷疑他會認識些我完全不知道的人。」

「妳認為,蘿拉・波克小姐會不會是其中之一?」

「哦,你是說那位『偷拍』小姐啊?我看你已經知道她是怎樣追逐克提斯了。那麼明顯啊,不是嗎?她真夠瞧的,那個女的。他其他的幽會方式都沒那麼有想像力,但是以考古學家的身分出現可真是獨樹一格。有回有個女的,哦,她當然沒那麼細緻啦,說她得見克提斯,因為她正在寫一篇論文,討論他的法律觀點,說她是在跟馬歇爾大法官的觀點做比較。哈!但自稱為考古學家,這可真是聰明。

「你不會相信的,警官先生,但她可真有膽子,敢來到我們的晚餐桌邊,當著我的面跟我先生計畫去約會,假裝要討論她拍攝的什麼岩雕。我不在意他們之間有什麼勾結,但是三角關係必須要謹慎處理。一般人應該會認為,我先生應付這些問題的方式比較明智。」

文森探員站起來,走到百葉窗邊。他沒想到一個新寡的女子對配偶的缺點會如此坦率。

「富特太太，妳本人有看到那張照片嗎？」

「哦，當然啦。那天晚上她把那張照片留給我們。我瞄了一眼，看起來夠真實的，很原始之類的。他們說是印第安人的雕刻。她甚至假裝是密羅辛中心的人！我一想到他們在樹林的石頭上雕刻什麼東西，就覺得好笑。」

「妳說妳先生在第二天早上用過早餐後，有跟這女人見面嗎？」

「沒錯。」

「妳知道那次會面的內容嗎？」

「嗯，一些私密的細節我無從得知，但我可以告訴你，這次會面有哪些藉口。克提斯說，他有回慢跑時看到一座雕像，跟照片上的很類似。我先生把日常活動和觀察結果都寫在日誌上，真的是鉅細靡遺哦，這點他很吹毛求疵。所以他就提議跟她碰面，把他所見的和她所尋找的做個比較。」

「妳先生有沒有跟妳談到這次會面的事？他有沒有說，他做的筆記跟照片像不像？」文森問。

「你該不會以為，我對這件事會有什麼興趣吧？自從那次晚餐事件後，我就再也看不起他們的表演。不過照片還在這裡，他的日記就在梳妝台上。」維吉妮亞・富特指指房間另一端的櫃子。

「富特太太，恐怕我得把它們帶走。裡頭也許有些重要證據，事後會還妳。」

「哦，警官先生，你愛看多久、就看多久。事實上，你大概要花上蠻長的時間，我先生是個愛慕虛榮的人，他覺得連他最捉摸不定的心思，都值得記下來傳給後代。」

文森探員在梳妝台上找到照片和日誌，回到大法官夫人面前。「富特太太，我知道妳了解我問的這件事。妳自己都提到，妳的婚姻並不理想。我想請問，妳先生被謀殺的那天下午，妳人在哪裡？」

「恐怕我沒有你所謂很好的不在場證明。我看見克提斯在下午大概四點左右離開房間，我獨自待在這裡，直到警察來告訴我他的死訊。」

文森探員挑起眉頭。「富特太太，妳說得對，這算不上不在場證明，但我沒理由扣留妳，如果妳想的話，妳明天就可以離開這座小島。」探員道過擾，便走進濕熱的熱帶午後。

❖ ❖ ❖

史匹曼夫婦並不喜歡這種濕熱的熱帶午後。每到這時刻，他們通常待在小木屋裡。這天下午，佩吉正在寫明信片，亨利即將讀完道格拉斯・戴（Douglas Day）為勞瑞（Malcolm Lowry）

所寫的傳記。史匹曼專注本業，因此他在經濟學以外的書籍讀得並不多，但是他在度假時，會試著熟悉本年度國家圖書獎的得獎作品。

「你喜歡這本書嗎？」佩吉從寫字桌上抬頭問道。

丈夫躺在床上，剛闔上書本，把它放在身旁的床頭櫃。「勞瑞命運多舛，他死得很慘。但我覺得，那些跟他結過婚的女人，才真正叫人為她們難過，跟這種緊張大師住在一起，一定很辛苦。」

「他的婚姻生活聽起來很像富特夫婦！但在他們的婚姻裡，比較難相處的人似乎是太太。」

「哦，那妳一定要讀這本書，才會知道婚姻可以不愉快到什麼程度。和維吉妮亞・富特共處，比起和勞瑞共同生活，簡直是小巫見大巫。勞瑞有時還會使用肢體暴力。」

「曖，要記得，這裡有很多人都不排除富特太太也可能施以肢體暴力。她對丈夫的敵意那麼深，只要一有機會，難保她會怎麼做。」

史匹曼聽過關於富特太太的類似耳語。他觀察過他們如此刻毒的關係，他自己也在思量，她可不可能就是殺害配偶的兇手，不過他比較懷疑竟然有妻子會殺害自己的丈夫。他並非懷疑妻子的體能是否足以執行這樣的計畫，畢竟，任何人都拉得動板機或下毒，他的保留態度是出自經濟學，尤其是資本理論。

離婚法還很自由，以目前相當慷慨的贍養費結構來說，和丈夫離婚在經濟上對女人比較有利。在多數情況下，預計她一生的贍養費金額，遠遠超過可能從社會安全和保險所領到的死亡津貼，而且還得祈禱她別被逮到呢。這理論唯一的困難在於，像維吉妮亞・派丁吉亞・富特這麼富有的女人，會不會受這種考量影響？畢竟，她從贍養費上的所得，和從其他收入比起來是少一點。然而，史匹曼也知道，多出來的一塊錢，對一個富人和窮一點的人來說，帶來的滿足感究竟誰多誰少，這點是很難用科學方法說清楚的。

史匹曼猛地從床上站起，開始快速踱步。他通常是個快樂的人，但現在他頗感困擾，也許是因為他剛讀完一本令人沮喪的書。不過，仔細檢驗自己的感覺，他判定自己所有的悲傷並非全然來自剛讀的書。打從和妻子來到月桂灣，就發生兩起謀殺案和一起溺水事件，而這原本應該是個快樂的假期，何況他在岱克爾、費休和富特死亡之前，都還見過他們，也許正因為如此，這些事才讓他備感沉重。這些原本不可能發生的事，彼此之間可能毫無關連嗎？溺水事件可以被視為巧合，但他知道警方懷疑這兩起謀殺案之間有所關連，史匹曼受過的統計學訓練，讓他自己也朝這方向思考。他想，並非因為謀殺案是隨機事件，即使是隨機事件，兩起謀殺案也不會在這麼短的時間內連續發生，而且毫無關連。

妻子從書桌邊起身，於是他暫時回過神來。她說：「我要趕在下午收郵件之前，把這些明信片寄給孩子們。你要跟我一起去走走嗎？」

「不了，謝謝妳，親愛的。我想待在這裡。但我希望妳把我的問候寄給他們，也讓他們知道我很會利用那潛泳面罩。」佩吉・史匹曼向他保證後，便留下沉思的丈夫。

亨利・史匹曼獨自待在小木屋，他走進浴室，在臉上潑了些冷水，希望洗去那盤桓不去的陰霾。但是，流進洗手台的水不知所以的令他想起吹風管，這時他突然明白，這水聲很像浪潮爬上石塊裂隙的聲音，而那就是他發現富特大法官的屍體之處。他立刻走出浴室，重新回到房間。陰霾感還在。他從百葉窗口往外看，一輛經過的迷你巴士進入視線，他怎能忘記，在那不祥的夜晚，這就是岱克爾將軍搭到玳瑁灣的最後一部巴士？

他身上一陣哆嗦，倏地轉身快步走到房間朝海灘的方向，望著外頭一片白沙。也許在這裡，他的思緒能轉向比較愉快的事。

但是希望破滅。即使在午後的酷熱中，他依然起了一身雞皮疙瘩。這天下午，他在海灘上只見著一張空著的海灘椅。

既然無從逃離過去幾天的死亡事件所帶來的陰影，亨利・史匹曼便開始進行第二件他能做的最好的事：將有關這些事情的思維，導向比較有建設性的成果。經濟學家拉出妻子剛坐過的椅子，撕下一張飯店信紙，再從桌上拿來一枝筆，將它對著空白的紙張，就這麼沉思好半晌。

這是他思索經濟學難題的方式，了解他的人，對這姿勢就不陌生。他不像許多較年輕的同僚，很多工作都是坐在電腦前完成，史匹曼比較老派，相信最難解的習題，透過紙筆的邏輯思考流程，都會一一撥雲見日。

不久他就寫了起來。他早先曾針對謀殺岱克爾將軍的兇手做過假設，但他的經濟學推論沒有說服警方。現在，他將思維組織起來，假設兩起謀殺案互有關連。他寫得很慢，字都擠在一起，正當他把筆放回桌上，妻子便進了小木屋。

「亨利，我回來了！」但他示意安靜，因為他正在研究眼前的結果。史匹曼太太從房間另一頭看著丈夫，曉得他再度沉迷在經濟學裡。但如果她看見，這回丈夫的「經濟學」是以下名單，她一定會大吃一驚：

蘿拉·波克

道格·克拉克醫師

朱荻·克拉克

菲莉希亞·杜奇思

馬修・戴克

維吉妮亞・派丁吉亞・富特

維能・哈伯利

瑞奇・李門

傑・普維特

史匹曼仔細研究這些名字老半天。他相信他們之間有一個會是殺害富特大法官的兇手。貝索・費休的溺水事件也許是意外，但是邏輯思考讓他嘗試揣想，殺害岱克爾和富特的兇手是否相關，經濟推理跟這假設一致嗎？他逐一看過表上的人名，將焦點集中在殺害克提斯・富特的兇手上。經濟分析說服他，維吉妮亞・派丁吉亞・富特應該可以排除在兇嫌外。

只剩八個可能人選。

Chapter 13

法蘭克林・文森進入克魯斯灣警察局前門，他剛從月桂灣蔗園飯店回來，打算研究他向富特夫人拿來的照片，以及那厚厚的皮面書冊。他一進警局，值班員警便告訴他：「絞刑台點（Gallows Point）的奧斯本先生今天早上來過電話，說昨晚有人偷了他的大三角帆，而且就從他的船上偷走，他氣得直跳腳，要我們立刻找回來。」

「奧斯本先生自然會想要它立刻回來，」文森試探性地說。「你有沒有告訴他，如果不把貴重物品留在船上，情況會好一點？不管怎樣，你先把這事交給費爾，我還在忙月桂灣的兇殺案。」文森其實很樂意接下三角帆失竊案，這些平凡案件是他糊口的生計所需，但是他卻情不自禁被飯店的謀殺案吸引，如果能破解這些謀殺案，他的名號就會比聖湯瑪斯島的亞伯菲德來得響亮。

探員繞過前頭櫃台，走進後方做為他辦公室的小房間。他用空著的手按開燈，在位置上坐定。他瞥了一眼照片，將上面描繪的形象印在心裡，文森看著眼前的書冊厚度便嘆了口氣。富特太太說，她的丈夫是如何不厭其煩地描述細節，如果真是如此，這將會是個漫漫長夜。他還沒在椅子上坐穩，便站起來打開房間角落的電風扇；電扇無法降低房內溫度，但循環的空氣讓文森感覺好些。他回到位置上，取來雪茄盒填好煙絲，當下他才想起，這是他今天的第一筒煙。之後回來靠著旋轉椅背，把腳抬到桌上，他將厚重的書冊擱在大腿上，打開封面，尋找應該是富特寫到岩雕的那一天，這似乎是個妥當的開頭。在他遇見蘿拉・波克的前一天晚上，如果確實有記載這個符號，就可以證實她的故事不假。即便如此，他明白自己還是必須讀遍整本日誌。法蘭克林・文森想知道，富特大法官和蘿拉・波克在月桂灣相遇之前，是否曾有過任何接觸，他也認為仔細讀過這本日記後，也許可以揭露富特是否有些令他懼怕的敵人。

風扇在室內輕輕轉動，煙管冒出的煙霧也隨之在他頭頂後方盤旋。剛開始，他很難讀懂那許多不同的項目，不是字體有什麼問題——大法官的字跡粗黑清楚，文森的困難在於它的風格，因為他從沒見過，有人竟用第三人稱寫自己的日記。他習慣大法官造作的筆法之後，便很快來到要找的部分。一月八日，就在大法官死前五天，克提斯・富特記下這麼一段話：「富特在午後的慢跑中，覺得累了。剛跑過木棉樹，他便離開小徑在樹蔭下休息。他在灰色巨石邊坐定後，在淺淺裂隙裡，發現一個很奇特的雕刻，這使他想起在亞歷桑納州看見的原始藝術圖形。」之後，富特試著描摹他所看到的圖案，文森在他自己的筆記本上，記下頁碼與這一段話的日期。

這一段符合蘿拉・波克的說法，也使他第一次相信她的不在場證明也許成立。情況似乎越來越明朗化，他這種有秩序的消去法正導向一個結論：李門與哈伯利合作犯下這兩起謀殺案。兩人都在第一起兇案發生現場；他們在《特攻隊》裡，指出被謀害的人都是**目標**；同時，據他所知，他們也是唯一有殺人動機的嫌犯。

然而，他在逮捕這兩人之前，還是想窮究所有其他的可能性，因此他繼續苦讀，想看看所有大法官與蘿拉・波克相見的內容，是否與她在文森面前所說的一切吻合，結果蘿拉・波克說的每個細節，都緊扣日記上的內容：一月九日起富特只記錄過兩次會面，一次是在飯店夜總會，當時文森正在觀察飯店客人的活動；第二次是在富特讓波克小姐看過一月八日的日記後，第二天早餐後的約會。

探員傾身向前，將煙管的煙灰撣進垃圾桶。他放下已發黑的煙管，拿起鉛筆開始記錄自己的想法。根據這項證據，蘿拉・波克的故事看來也許相當可信，只是他也明白，大法官提到波克小姐的部分，也可能經過加工，以隱藏兩人關係真正的本質。

在富特和波克二度會面後，許多項目寫的都是富特個人的事。最後一段不能算是慷慨激昂的結語，只是當時富特可能並不知情：「寫信給希格，要他把我所有的長袍清洗乾淨。」

法蘭克林・文森將日記上的書頁翻到最先出現岩雕的部分。他決定從這裡再往回讀，看是否有其他部分牽涉到蘿拉・波克，或是其他可能點到富特神祕死因的訊息。

維吉妮亞・派丁吉亞・富特說得對，在這本厚重的書冊裡，光是一天的筆記，就足以佔據長達四頁的篇幅，探員在椅子上不時地扭動，想調整出一個較為舒服的姿勢，但是他都還沒讀完兩天的日記，就看到一段話，令他不得不在椅子上筆直坐正。原本他只是希望看見證據，以證明富特和岱克爾將軍的死有關連，卻沒料到真的會看見。但是就在這裡，出自大法官自己如假包換的粗黑筆跡：「富特的妻子告訴他，上星期五哈森・岱克爾將軍被毒害，或許在露台上看見的一切，比富特想像得嚴重許多，唯一的問題是：無法確定真正看見的，代表什麼意義。」

文森反覆閱讀這令他驚疑的一段。這是什麼意思？難道它暗示著，克提斯・富特知道是誰殺了岱克爾將軍？果真如此，這就給了殺害岱克爾的兇手一個殺死富特的動機，但是如果富特真的有相關消息，為什麼不乾脆到警局說明？一個曾擔任過大法官的人，尤其不會隱匿不報而妨礙司法。除非，當然，他是為了保護什麼人。這也許可以說明，維吉妮亞・派丁吉亞・富特為何對丈夫在岱克爾命案上的所知隻字不提。下一步顯然是該再度造訪富特遺孀。

❖ ❖ ❖

櫃台小姐幫著富特太太準備第二天早晨要離境的文件。她抬頭看見法蘭克林・文森進門時，正在說明相關的安排。

「早啊，文森先生，」她滿面春風地說：「有什麼我們可以效勞的地方嗎？」

「妳跟富特太太談過後，我希望有機會和她談談。可以嗎，富特太太？」維吉妮亞轉身向著他回答：「看完日記了嗎？不急。你可以寄還給我。」

「只怕我還不能還，但我在裡面發現一些東西，想跟妳請教。」

「當然，只要能找到殺害我先生的兇手，什麼忙我都願意幫。我這裡剛剛辦完事。」

兩人坐上飯店大廳的咖啡桌。文森把日記攤在面前，將書頁翻到之前令他感到振奮的部分。

「富特太太，我想請妳讀妳先生寫的這段，再告訴我妳的想法。」維吉妮亞‧富特將那厚冊拿近面前，開始閱讀。

「哦，對了，我都忘了那件事了。我當然了解你為什麼回來問我這件事。不幸的是，我能告訴你的，也不會比你讀到的多。」

「嗯，這點讓我判斷。現在要請妳告訴我，妳先生這裡寫的是什麼意思。」文森試著對富特太太溫和一些，她到底是個新寡的婦人，但他止不住聲音裡的鋒芒。

「我跟你說完，你就會懂我的意思，為什麼我說我先生記得，是最難以捉摸的思緒，最不著邊際的觀察結果。我告訴他，岱克爾將軍的解剖結果顯示是被下毒，之後不久，他就似乎著魔了，他私下當然不認識岱克爾，但他們在華府都各有自己的圈子。反正，他就開始想像他看見岱克爾將軍被謀殺了，不是他看見那人死了或什麼的，而是他看見有人下毒。他這麼跟我說之後，我問他是誰下的手，但他不知道。他提醒我，那天晚上有一大群人在雞尾酒露台上，鋼鼓樂團在演奏，客人喝酒閒聊，我先生正好邀我去跳舞。我們正朝樂團的方向走去，這時他顯然是轉頭朝著岱克爾將軍的方向，那邊一片混亂，他稍後回憶時說，他看不見是誰下的手，但他覺得服務生送給將軍的飲料被動過手腳，他的眼睛餘光那短短一瞥，就足夠讓他說，他看見將軍喝下飲料前幾秒鐘，有隻手放了什麼東西到他杯子裡。我告訴他，那也許只是將軍用自己的手在倒什麼藥之類的，但我先生很難聽信別人的話。當然了，警官先生，也許你知道所有的律師在內心深處都是偵探，至少他們自以為可以當偵探，我先生知道他沒有什麼資料可提供警方，但他對自己觀察力的自信令人無法忍受，所以當他以為自己看見某個事件，卻想不起那是誰，他就愣住了。然而，他同時又希望稍後可以看見什麼，讓他把一切連在一起，只是一直沒做到。至少他沒再提過。他是一定會告訴我的，警官先生。他喜歡說：『跟你說過了吧！』他從不錯過說這句話的機會。」

「妳或妳先生有跟任何人討論過這些可疑的事嗎？在回答前先想一想；這很可能是很重要

的。」

「我想都不用想，因為他告訴我，在確定那天晚上看見的是什麼之前，不要跟任何人說。當然，我本來也沒打算跟任何人說，因為我覺得這整件事根本就不合理，只是他想像力虛構出來的罷了，而且我確定他不會把臆測的事跟別人說，我先生很在意形象，不會冒險讓自己出糗。」

「可能有任何人看得到妳先生的日記嗎？」

「不太可能。他總是擺在私人物品中，我們只要離開房間，就會把門鎖起來。這本書對他而言很珍貴，會是他回憶錄的基礎。我想，如果有人趁他不在的時候動它，他是會知道的。而且，人家有什麼理由去看他的日記呢，除非他們已經知道，我先生懷疑岱克爾是被謀殺的？但就像我剛說的，除了我以外，沒有別人知道。」

她說完後，意外發現文森一臉堅定的表情。他站了起來，向她宣布道：「謝謝妳，富特太太，妳非常合作。我知道我不會再拿這事來煩妳了。事實上，我大可以說，殺害岱克爾將軍和妳先生的人，遲早會被拘留起來。」

❖ ❖ ❖

瑞奇・李門和維能・哈伯利坐在李門老媽媽家的小木桌旁。瑞奇的母親坐在鑄鐵爐邊，為兒子和他的弟兄準備芋葉刺蛄湯，近來她很少見到瑞奇，因此她把自己對維能・哈伯利真正的感覺隱藏起來，她的房子有幸做為他們的會議地點，她不想危害到這樣的榮幸。一如往常，瑞奇已經夠少來了，但只要他一來，她一定利用這機會，用家鄉味來寵愛他。

「所以，下一期什麼時候出來？」哈伯利問。

「多虧了培勞，我們又有錢繼續辦了，還可以辦兩個月。他給我們帶來四百多塊，之後就又沒有著落。所以我們得小心選擇目標。你有想到下一個要找誰嗎？」

「月桂灣那頭風聲很緊。我想最好是別的島上的人。」哈伯利回答。

「照培勞的講法，每個島上的風聲都很緊。警方緊跟著他，但他來這裡的時候，認為警方並沒有追蹤到他，我跟他見面的時候都格外小心，例如他來到島上，都是搭維爾的船來，現在他人應該在巴哈馬，說他不曉得什麼時候才能再回來幫我們。」

「嗯，如果是這樣，我想我們應該選絞刑台點的奧斯本。」

「奧斯本可以，我想。但我暫時不想選任何飯店裡的人。目前你是我們在月桂灣唯一的人了。」李門說。

老媽媽放了兩碗熱湯在他們面前，因而打斷了他們的策略討論。鹹牛肉、刺蛄和芋葉混合製造的辛香氣充滿整個屋子。維能・哈伯利抬頭看瑞奇的母親，說：「妳的芋葉刺蛄湯是群島上最好吃的。」在李門太太的兒子面前，他對她的態度比一天前他在碼頭上的模樣和緩得多，當時他是為了執行一項任務。瑞奇・李門要哈伯利去懲罰他的母親，因為她不該跟警方多話，他只是在執行他朋友的指示。但哈伯利也知道，外人在批評自己的母親時，做兒子的總是不希望在場。這就是血濃於水。

老媽媽突然抬起頭，聚精會神地聽著。「媽，怎麼了？」瑞奇看見她臉上的專注表情，於是問道。

「有人走上這條路，他們剛轉進車道，就要上來了。」

「妳今晚在等人嗎？妳知道我跟維能見面不能有旁人。」

「我哪會等誰啊？」

「我不知道，媽，反正把他們趕走就是了，別讓他們知道我在這裡。」李門太太走出破房子，來到玄關，看著車子接近。不久她的影子就出現在一輛吉普車的頭燈裡，她知道那是警方的車。法蘭克林・文森把車停在門口，鑽出車子。

「晚安，老媽媽，今天有客人啊？」

「沒有，我一個人呢。」

「那妳應該不介意我進去瞄一眼，是吧？也許有人在這裡，妳卻不知道。」

老媽媽緊張地笑著。「怎麼可能有人在我家，而我卻不知道？」

「也許他們現在不在屋子裡，但我得去看看。」

「你不能進去，文森先生。」

「老媽媽，我們向來都是朋友。妳要讓我進去，還是要我使用帶來的搜索證？」

「文森，你可以進來，」瑞奇・李門在他母親後方的走道上說。「但如果你是來談謀殺案的事，這戲碼我們也演過了。」

「我剛幫你跟你的朋友安排了重出江湖。你知道我在哪裡可以找到維能・哈伯利嗎？」哈伯利出現在走道上，回答了探員的問題。「再談也沒意義，我把知道的全告訴你了。」

「到局裡就見分曉。我有搜索證要逮捕你們，你們涉嫌殺害岱克爾和富特。」

「你有什麼根據？」李門憤慨地說。

「到了局裡，就可以討論證據和你們的權益。」

李門老媽媽一臉愁苦。她開始啜泣，痛罵兒子。「你看你做了什麼？多少次我求你離維能遠一點，專心搞音樂。」

「別擔心，老媽，警察不會對我們怎樣的。別讓湯涼了。我們今晚就會回來！」

李門和哈伯利平靜地跟隨文森探員，令他頗感驚喜。但他們倨傲的態度，到了警局便很快頹靡下來，因為他們終於明白自己真的被起訴共謀殺害哈森・岱克爾與克提斯・富特，而且即將因這些罪名而遭監禁。

❖ ❖ ❖

法蘭克林・文森甚至在逮捕兩人之前，便決定要分別偵訊他們。這位探員從過去的經驗裡，知道他們兩人可以用一個表情或一個手勢悄悄溝通。而且他在嘗試誘導他們認罪的時候，不希望他們串供。文森對他的結論雖有信心，卻也知道還不夠罪證確鑿：哈伯利是最後一個和岱克爾的飲料共處的人、李門曾經公開威脅富特大法官、兩人都負責目標的選定，陪審團應該不難將這些片段湊在一起，但是若有兩份口供應該會更方便好用。

法蘭克林・文森直到五點都睡不著，但自從調查工作開始至今，這應該是睡得最好的一次。睡前最後一小時，文森得意洋洋地從偵訊室出來，他的策略奏效了；瑞奇・李門和維能哈伯利雙雙坦承，犯下月桂灣的謀殺案。

Chapter

14

李門與哈伯利坦承犯案的消息，揭開一直籠罩飯店的死亡黑幕。許多客人對這幾樁住店時發生的悲劇，都不想表現出自己有多關切，或甚至是恐懼，但是大夥從容的神態，更提高他們此刻共同的輕鬆感。這天早上有若干客人聚集在餐廳入口處的露天大廳，輕鬆地開著玩笑。這群人正在等著公園服務處的管理員，他們每星期的這個時間，都會在緊臨飯店的維京群島國家公園，來一次自然徒步之旅。

那天早上等著去遠足的人多於平時，無疑是因為嫌犯入獄的消息而帶來較大的自由感所致，這些人包括傑・普維特和新婚妻子潘蜜拉、杜奇思太太、史匹曼夫婦、馬修・戴克教授、哈洛與辛希亞・木倫思、道格・克拉克醫師和克拉克太太，以及蘿拉・波克小姐。

「我再也不是全民公敵一號了！」傑・普維特低聲開懷笑著，沒特別對著什麼人。他似乎很喜歡當個岱克爾謀殺案的嫌疑犯，也並不想放棄這個惡名。

「傑，拜託你別這樣說話。」妻子悄聲說。但他全不理會，在客人之間跳來跳去，讓他們佩服他那雄赳赳氣昂昂的形象，以為那就是知名將軍謀殺案的頭號嫌犯應有的樣子。

只是，現場多數人幾乎都只想知道與謀殺案相關的故事，以及這些自白的嫌犯是如何被逮捕，因此大家對他笨拙的演出，幾乎都視而不見。潘蜜拉・普維特如果知道這一點，應該會鬆一口氣。截至目前為止，大多數人都只聽到一些未經證實的謠言片段，選擇參加林中漫步的理由，也是希望有機會了解這些細節。

只有菲莉希亞・杜奇思的出現，是熟知飯店活動時程的人預測得到的。只要可以去探索自然環境，從中發現一些香料或草葉草根，來加強她正在構思的食譜，她絕會不錯過這些機會。她最喜歡引用美食家薩瓦蘭（Brillat-Savarin）的話：「發掘一盤新菜，比發現一顆星星更能為人類帶來幸福。」

杜奇思太太正在和克拉克醫師夫婦閒聊。「……那如果你看到一種長了橘色莓果的小小綠色蕨類，一定要叫我去看。幾星期以來，我都很想找到它，這種莓子會為深海魚的菜添加辛香味。」他們一臉茫然地望著她，奇怪她對她表哥死亡的事竟絲毫不感興趣。

「我很不會找植物。我的生物實在是糟透了。但我如果看見橘色莓子，就會大聲喊妳過來。」朱莰・克拉克終於回答。

「警方有沒有跟妳說，他們是怎麼抓到殺害岱克爾將軍的兇手的？他們到底必須給妳一個交代。妳是他僅存的近親。」道格・克拉克語帶同情。

「之前我就跟警方說了，別再拿哈森的謀殺案來煩我，他都已經死了，這可憐的人。沉浸在那些枝微末節也成不了什麼事。而且，我總覺得，生命是為活著的人存在的。哈森的時候到了，兩個在牢裡的人也不過是命運的手段。也許如果他聽我的話，不去住十三號小木屋……」

「杜奇思太太，我無法苟同妳的迷信，但我必須承認，以岱克爾將軍來說，暴力的結局是可以預期的，雖然跟他真正的遭遇不一樣。」

「道格，你說和他真正的遭遇不一樣是什麼意思？」他的妻子問。

「我是說，他是個軍人等等。」

「喏，克拉克醫師，我可以確定哈森寧可上戰場。但命運總是不盡如人意，你是醫生，當然會懂得。好了，我剛說到那些莓子……」

辛希亞與哈洛・木倫斯都在聽這段對話，但他們似乎不耐煩了。他們來找杜奇思太太，是希望能吸收一些將來茶餘飯後的閒談材料，她卻堅持討論當地的花草，使他們難掩失望神色。

「這裡應該**有人**在乎警察抓到那兩個黑人的事，還有警方從他們身上查到什麼。」辛希亞・木倫斯對夫婿說。

杜奇思太太對他們的態度似乎頗感痛苦。「真的，木倫斯太太，如果這是妳唯一感興趣的事情，那裡有個人好像知道。」她指指馬修・戴克教授的方向。木倫斯夫婦聞言，立即朝著圍繞神學家的一小群人走去。

杜奇思太太接著轉回克拉克夫婦，在退去的木倫斯夫婦都還能聽見的範圍內，語中帶怒地說道：「天哪，這應該是接近大自然的森林漫步，而不是尋找『線索』的遊戲啊！」

木倫斯夫婦插在史匹曼夫婦和蘿拉・波克間，他們正聽著馬修・戴克發表高論。此刻他正在說：「……好像是釘牢了這點，雖然在這些案例裡，如果殺死富特的兇手不用被懲罰，才比較像是正義獲得伸張。」

「我當然不同意，」蘿拉・波克反對。「雖然我跟克提斯・富特不熟，但在我跟他接觸的少數幾次經驗，我很意外地發現他和公開的形象大不相同。我很高興兇手被抓到了。」

哈洛和辛希亞對看一眼。他們依然相信，那天晚上波克小姐出現在富特夫婦的餐桌旁而引起夫妻齟齬，也許就證實蘿拉・波克跟大法官的關係非比尋常。事實上，那天稍早，維吉妮亞・派丁吉亞・富特和丈夫的棺木隨船離去時，辛希亞・木倫斯就跟哈洛提起，蘿拉・波克出現在甲板上真是不當。

「恐怕我沒那精神去改變你們對富特的看法，因為我整晚都沒睡，就想看那兩人的權益是否受到保護，不因為具種族歧視色彩的警方欺負。讀過我的書就會知道，去除一個像富特這樣的人，在道德上是說得過去的。」

「那岱克爾將軍呢？你好像忘了，他也是被這兩個好撒馬利亞人給『去除』了，就像你說的。」蘿拉・波克試探地說。

戴克凝視波克小姐好一會兒，腦中想法同時成形。「不，也許我不能把岱克爾將軍歸於富特之流，但他一定做了什麼，才會激起黑人社群對他的敵意，否則就不會成為目標了。」

不等波克小姐回答，哈洛・木倫斯便插嘴道：「好像除了我們之外，這裡每個人都知道事情的究竟。我們只聽說，有兩個人因為謀殺案被關了起來。他們真的坦承犯案嗎？」

「恐怕是，」戴克說：「而且從我收集到的消息看來，他們並沒有遭到逼供。我昨晚就想進警局去，但被擋在門口。不過，我跟黑人族群的關係，讓我得到一些可靠消息。他們覺得我是島上少數值得信賴的白人，兩個在牢裡的人，是樂團團長李門跟月桂灣的服務生哈伯利，聽說他們昨晚是在李門的母親家被逮捕的，之後被帶到警察局，而且天還沒亮兩人就都認罪，也指證對方犯案。」

史匹曼教授一直靜靜聽著，此刻他提出一個問題：「你會不會也剛好聽見，這兩個人是一起被偵訊，還是被分開偵訊？」

「哦，我也很關心這點。他們是被分開偵訊的。事實上，我到克魯斯灣時，警方剛結束偵訊李門，我發現他的自白並沒有經過警方逼壓，至少沒有被刑求。我正好看到他們結束李門的偵訊後，把哈伯利帶進去，警方顯然很小心地不讓兩人有任何接觸。他們問了哈伯利好長一段時間，最後他終於承認和李門殺了富特跟岱克爾。我的『臥底』跟我說，哈伯利也沒被刑求，讓我很意外。」

「你怎能這麼肯定？我聽說，現在警方使用警棍時，可以看不出傷痕。」佩吉・史匹曼說。

「這點我也知道，但就這次的情況來說，跟我說這事的人是牢裡的工作人員，只是我不能透露是誰。」

「我假設他們既然都認罪了，刑責會輕一點。總好過死不認罪，但審判結果卻發現他們確實犯案。」亨利・史匹曼說。

「通常是如此，但只要不承認，警方也可能查不出來。」

「嗯，那如果一個承認，另一個不承認呢？」史匹曼問。

「我不知道他們會怎麼處理，但這假設也未免太學術性了吧？他們畢竟都承認了。」

「我想你說得也許對。」史匹曼承認。

「不管怎樣，亨利，既然已經抓到這兩個人，我們可以恢復度假了。」佩吉懇求。

那天早上佩吉的願望似乎實現了，因為隨著公園管理員的到來，一行人的注意力也跟著被轉移。

❖ ❖ ❖

史匹曼教授呆坐在書桌前。他已經換掉早上散步的衣服，穿著黃褐色棉短褲和黑色套頭衫。午時剛過，多數客人還在吃午餐，但史匹曼跳過這一餐，跟佩吉說他沒什麼胃口，她認為他之所以不餓，是在那彎曲的小徑走了一整個早上，疲倦了的緣故。

然而，事實上並不是疲憊讓他回到房間，而是心中的不平靜所使然。李門與哈伯利認罪一事，絲毫沒有讓他感受到其他客人的輕鬆，反而讓心靈陷入比先前更嚴重的不安。說不上是什麼原因，但人們對他形容的這些事，似乎並不符合他用來判斷人類行為的理論，也許是他太傻，想把經濟學原理套進傳統上並不屬於這領域的問題裡。法蘭克林・文森似乎就是這麼想的；史匹曼還記得他跟這位克魯斯灣探員的痛苦會面，他在哈佛大學經濟系的同事，無疑也會覺得他太離譜了，但是這天早上在森林漫步前，跟馬修・戴克及蘿拉・波克的一番對話，顯示這些事跟他的分析模式有些出入，每當有這類事情發生，他的大腦就會集中在這些難題上，直到解開為止。

史匹曼打開書桌的最上層抽屜，從一只信封取出一張紙，攤平在面前。他眉心緊蹙，對著攤開的紙張沉思。教授以這姿勢靜坐良久，唯一的動作是輕敲下巴。史匹曼已經將紙上這些名字輸進腦海，即使如此，當他一路往下看時，依然全神貫注地緊盯每個名字。然後他嘟起嘴，拿起筆，小心翼翼地刪去瑞奇‧李門和維能‧哈伯利。他放下鉛筆，再度聚精會神。他專注於自己的思維中，以致一開始並沒有聽見妻子進了房間。

「親愛的，我以為你在睡午覺呢。」

她很意外地發現丈夫做了些反常的舉動。他轉身向她，站起身，開始在房裡來回快速踱步。「佩吉，我需要妳幫忙。妳幫我去飯店的禮品店，買個大約這種尺寸的紙盒子。」他給了她一張紙，上面寫著4"×4"×6"。「還有，我需要夠多的咖啡色包裝紙和麻繩來包它，還要有個運送的標籤貼在上面。妳去買的時候，我要搭計程車到克魯斯灣，等我回到這裡再跟妳會合。」

佩吉固然吃驚，卻也無法質疑丈夫。從他的神態來看，她知道這個要求對他來說十分重要。她還沒回答，他就已經走出房門。

亨利‧史匹曼從克魯斯灣回來，完成交代妻子的計畫後，便拿著小小的棕色包裹走到海灘上。他知道在這麼美麗的午後，想找的兩個人很可能就在海邊。他們和他打招呼，還不曉得將要發生什麼事。

「史匹曼教授，這麼好的下午，你應該穿著泳衣才對啊！」朱荻‧克拉克在水深及腰的地方喊他。史匹曼一面朝他們加速前進，邊向克拉克太太揮手示意。「我幫你們帶來一樣東西！」他喊著。

「正是我要找的人，」他對著從水裡出來的他們說。「我跟送包裹的人說，我可以把這包裹送到這裡來，因為我猜你們會在海邊。」

「給我們的包裹？」克拉克太太狐疑地說。

「從標籤上來看，確實是給你們的，」史匹曼說著，轉向克拉克醫師。「來吧，我看你的手還是濕的。我來幫你打開。」教授邊說，已經動手解開繩索。

「哦，不用了，別麻煩，史匹曼教授。我們等一下再開。」克拉克醫師表示。

「哦，一點都不麻煩，」他說，兩手還是忙著解開那包裹。

「我說我會自己來。」道格・克拉克急躁地回答。

史匹曼卻從容地對著他微笑：「但是已經打開了。」他取出包裹的內容物，包裝紙和盒子則擱在他腳邊。「看來好像有人寄了個罐子給你們。」

克拉克一臉不可置信地張大眼睛。他急速瞥了妻子一眼，後者看起來跟夫婿一樣驚懼不已，接著他伸出手，想從史匹曼手中把罐子拿走。

亨利・史匹曼卻抽走罐子，讓醫生拿不到。「你的手可能還是濕的。我來唸這標籤給你聽。」史匹曼手上拿著一個咖啡色的小藥罐，蓋著白色瓶蓋，他先是看似在默唸上頭的字，接著向克拉克夫婦宣布：「根據這個標籤，這是叫甲基苯巴比妥的毒藥。我看不到寄件者的地址，裡面也沒有附上信件，你想會是誰寄給你們的？」

「我怎麼知道？」克拉克醫師回答。

「你確定包裹上是我們的名字嗎？」朱荻・克拉克彎身拾起包裝紙。她注視著好一會兒，然後給丈夫看。

「收信人是我沒錯，但一定是哪裡出了問題，我根本沒有訂什麼甲基苯巴比妥。」道格・克拉克冷靜地說。但是這回他拿到罐子，開始小心檢視。

「喏，如果你不知道是誰寄的，那就是有人惡作劇。但如果是這樣，那這個人的幽默感也太奇怪了，甲基苯巴比妥，如果我沒記錯，殺死岱克爾將軍的就是這種毒藥，我想我們應該去找警察談這件事。」亨利・史匹曼轉身，好像要帶著他們三人朝飯店方向走去。

道格・克拉克抓住他的手臂，使他無法前進。「我不曉得為什麼要把警方扯進來。你肯定說對了，那不過是個惡作劇。」

史匹曼轉身面對克拉克夫婦。「嗯，我們來想一下。」他頓了一頓，思考似的。「也許我太草率了。警方既然已經抓到謀殺岱克爾的兇手，也許對這個就不會感興趣。但是同樣的，在發生這些事之後，任何人擁有這樣的東西，警方可能都會特別注意一下。」

「沒錯，史匹曼教授，這麼一個愚蠢的玩笑，他們卻會問上一大堆繁瑣的問題。」朱荻・克拉克緊張地笑。

「但是，誰會對你們開這麼粗魯的玩笑？如果找到這些人，一定要好好懲罰他們。」

「我知道會是誰，如果我猜對了，一定讓他們好看。」

朱荻攬起丟棄的包裝紙，道格則是抓著棕色瓶子，對妻子示意往小木屋的方向回去。

他們走了大約六步，史匹曼便喊他們回來：「你知道嗎，也許我幫得上忙。我剛想到，也許是寄第一個包裹給你們的人。」

克拉克夫婦停住腳步。年輕醫師開口前一陣躊躇。「什麼包裹？」他們都還面對小木屋的方向，沒看見史匹曼臉上的調皮表情。

「你知道的，你們十天前收到的那個。」

克拉克夫婦轉身面對這位打擾他們平靜的人，克拉克醫師大聲嘆了口氣。「我不知道什麼第一個包裹。」

「那就怪了。加勒比日出號的船長告訴我，你在六號那天收到一個這樣的包裹。」

「我們從來沒從那艘船上收到任何東西。亞賓船長一定搞錯了。」

「亞賓？真奇怪，你竟然曉得船長的名字。」

「你到底想說什麼？」朱荻・克拉克詢問。丈夫示意她安靜。

「我還很好奇，」史匹曼繼續說：「你們為什麼要假裝在克魯斯灣到處跳舞，而其實是等著從夏綠蒂亞梅里來的船，好幫你們帶來包裹。我相信這個包裹的內容，就是導致岱克爾將軍死亡的元兇。」

「太荒謬了。謀殺岱克爾將軍的兇手已經認罪，也被關了起來。你自己知道的。」

「啊，對了，那個認罪，你們一定很高興聽到這消息。而且既然你們不熟悉**賽局理論**，你們一定也會很意外。」

「賽局理論？你到底在說什麼？」

「一個簡單的遊戲理論。這是經濟學家的工具箱裡，一個很天才的工具。我聽完李門和哈伯利認罪後，就知道他們是處於『囚犯的困境』（prisoner's dilemma），這是賽局理論裡最基本的謀略。如塔克（Tucker）[1]所說，假如兩個人被指控某一罪名，同時被警方分開而無從溝通，在某些情境下的理性做法是認罪，即使他們沒犯案。在經濟學上，這叫做優勢方案

1「囚犯困境」是普林斯頓大學數學教授塔克（Albert Tucker）所提出。

（dominant solution），我想李門和哈伯利正是這種處境。」史匹曼繼續說明導致兩人認罪的狀況。

在囚徒的困境裡，如果一個囚犯承認罪狀並指認對方，而他的同伴卻保持沉默，那麼認罪者的刑責會比不認罪的人輕得多。於是警察分別告訴囚犯，只要合作認罪就會被減輕刑罰，如果不認罪，而同伴使他無法脫罪，那他的罪責就會很重。另一種情況是，兩人都不認罪，但在這種情況下還是有那樣的機會，可能兩人都被發現有罪而遭判重刑，只不過兩人還是可能因為缺乏罪證而還他們清白，因此降低被判重刑的可能。最後一種做法是兩人都認罪。在這種情況下，兩人都會遭到相當懲罰，但不會比兩人都不認罪而遭對方指證來得嚴重。

「所以，你了解這種困境吧？即使是清白的，當他發現環境的證據或偏見不利於他，還是有很大的誘因使他認罪，因為他即使知道兩人都不認罪會好過兩人都認，但他無法肯定同伴是不是會自訴清白。所以對他來說，最安全的策略就是認罪，因為他認為同伴也會這麼做，而不想去賭同伴也可能堅持清白。」

「所以你認為，因為這個經濟學理論，李門跟哈伯利是清白的？」克拉克醫師嘲諷。

「賽局理論只是告訴我，無論他們有罪與否，都還是會這麼做，但是經濟學理論的工具箱裡，還有另一個工具告訴我，岱克爾將軍的死，你有罪責，因此李門和哈伯利是清白的。」

「喏，如果那個理論跟你的囚徒賽局一樣複雜，我們可不想聽。蛋頭理論對我發生不了作用，對任何象牙塔外的人也都發生不了作用。而且讓我告訴你另一件事，史匹曼教授，現在我終於了解，你的紙盒事件是預謀的。如果你敢再試一次，我就會讓你好看。我們明天早上就走了，在此之前，我不想再見到你。」克拉克醫師氣得渾身發抖。

「有件事情你說對了，」史匹曼和藹地說。「我這跟你有關的理論，對別人似乎都起不了作用。不久前，我就已經向文森探員說明，但不幸的，因為你，他聽不進去。」史匹曼沮喪地離開沙灘。「也許，」他暗忖：「如果警方看見克拉克對這個意外包裹的反應，他們對這種經濟學的推理會更有信心。」

讀小說學經濟

❖ **賽局理論**（Game Theory）：利用邏輯演繹來探索競賽者可採用策略的結果的一種技術。在經濟中可運用賽局理論來描述少數互相依存的競爭者所採用的市場策略所涉及的問題。

Chapter 15

亨利・史匹曼和克拉克夫婦產生正面衝突後，回到自己房間。他多少放鬆了些，因為智識拼圖已經拼湊完全。克拉克夫婦面對包裹時的反應，跟他早先為他們做的假設一致，令他大受鼓舞。他在經歷了自認的小小勝利後，決定享受一下午後的空氣，但還是有些問題沉沉壓著他的大腦，此刻他精神一振，決定把經濟學推往犯罪學的領域。史匹曼取出抽屜裡折起來的紙張，放一枝鉛筆在口袋裡，出了房門。他開始在遠離海邊的飯店周圍散步，起初他的漫步似乎沒有特殊意圖，教授比較關切的，是將某些事實在腦子裡一再翻騰。當然，他已經說服自己發現了殺死岱克爾將軍的兇手，現在更大膽地想，使用類似的思考方式，或許也可以斷定是誰殺死富特大法官。

關於這件案子，他知道了什麼呢？剛開始他以為，兩起兇案之間必然有所關連，簡單的機率就顯示有這種可能。現在他開始懷疑，那件不太可能發生的事是否真的沒發生，他沒有理由相信，克拉克夫婦該為富特的死負責，但是果真如此，誰又該負責？也許是因為他在想著大法官的事，他不能肯定，他後來發覺自己已經走到鷹巢點小徑的入口。天色還亮，因此他決定再走一遍這位前大法官在那悲劇性的下午所走過的路。

他上路後，很高興自己選擇來這裡散步，原因是接近犯罪現場，似乎讓思路更清晰。警方和他在飯店認識的每個人，似乎都同意李門有殺死這位最高法院法官的動機，但經濟理論支持他們的論點嗎？

這位禿頭教授暫停腳步，盯著手上的名單。他從口袋慎重取出鉛筆，點著瑞奇・李門這名字，腦子裡有個模糊記憶正試著浮現，他所知道的李門在這裡好像有個重點，那是什麼？接著它來了，他悄悄地自言自語：「當然了，我怎麼沒想到過。」他在李門的名字旁寫了幾個數字：「150=1/2×300。」

原理永遠相同，他自忖。理性的人會花最小的代價達成目標，另一種說法是，以相同成本取得最大成果。換句話說，人們會考慮其他機會。史匹曼想起，李門的演奏在星期六的價值較高，他知道李門犯罪不合乎機會成本的理論，因為李門在周六演奏可以得到一百五十美元，這是多賺的，因為樂團在下午通常不會有演出，這麼做可以在夜間演出外增加收入；周六在月桂灣的演出是在任何日子演出的兩倍，亦即三百美元，而非一百五十美元。既然富特每天都會去慢跑，李門如果選擇這時間殺他，就會因為錯過演出而損失最多收入，那他就太不理性了。如果李門是兇手，他可以在其他任何日子犯下相同的罪，而付出較低成本。在史匹曼心裡，這就足以消除李門的嫌疑，這位經濟學家猜測，樂團團長那天在飯店缺席，最後的解釋一定是，李門有個他認為價值高過三百美元的機會。

史匹曼把鉛筆放回口袋，繼續前進。現在，他已經相信李門並非殺害富特的兇手，而如果李門是清白的，那他的屬下哈伯利也是，因為他聽命於樂團團長。他一路在小徑上迤邐而行，同時將他知道飯店所有和克提斯・富特有關連的人，全部重新思索一番。

史匹曼現在正好站在富特生前最後一次遇見他的地點，於是他再度停下腳步。他的呼吸暫時停止。或許只是想像，但是剎那間，他好像聽見遠方傳來相同的腳步聲。

此刻毫無疑問；腳步聲更響。他緊靠木棉樹以為掩護，彷彿接近的是什麼洪水猛獸，來者竟然是富特大法官的模樣，史匹曼大吃一驚。他的心臟怦怦跳，直到他發覺是被自己的眼睛騙了。慢跑者靠近後，史匹曼發現此人不是鬼魂，只是身材酷似前大法官的房客，也使他鬆了口氣。

慢跑者注意到史匹曼後，慢下腳步開玩笑說：「博士，如果你發現我在吹風管上，麻煩你馬上報案，這樣我就不用多付一個晚上的錢。」他顯然很喜歡自己開的玩笑，於是一陣風似地微笑著去了。

但是，這位慢跑者如果期望聽眾會開懷大笑，那他可要失望了。史匹曼只是給他一個反感的眼色，不發一語，於是這個慢跑的年輕人認為，史匹曼發現富特大法官的屍體，所以對自己的知名度一定很敏感，或者他只是被嚇壞了。

這是多日來史匹曼聽到的第一個幽默，他定了定神，因為未曾做出較有默契的回應而有些歉疚。大家相信兇手落網後，可以帶來輕鬆的幽默，他可以理解這樣的心情。史匹曼還小的時候便觀察過，親戚在經過險惡處境後，馬上會開起那個處境的玩笑，但是那位慢跑者如果知道史匹曼才剛做出李門與哈伯利是清白的結論，或許就不會覺得那麼好玩了，也許根本就不敢冒險再到鷹巢點小徑上來。

❖ ❖ ❖

餐廳大門入口處很快就擠滿了人。星期一在月桂灣的晚餐都是吃到飽的自助餐，飯店客人一如往常早到了，並不是預期食物短缺。相反的，桌上的食物豐富得像要滿出來，而他們之所以早來，是要見識那壯觀的景象，盛裝鮮魚和禽類的大盤之間，點綴著裝滿蔬果的巨大水晶盤，每個盤子都經過精心裝飾，因此除了食物外，盤裡都還有冰雕和花朵。大廚本人站在桌子的一端，手裡拿著刀子親自指揮切割烤牛腿肉。這個排場帶著色香味俱全的吸引力，有些客人拿相機拍下全副景象，儘管這在與月桂灣同級的飯店眼裡看來，是眾所周知的「脫線行為」。

在這特殊的夜晚，亨利・史匹曼跟佩吉穿上最鍾愛的衣裳。史匹曼太太穿著米黃色亞麻洋裝，丈夫則是淺藍色運動夾克和黃色休閒褲。他們排隊等著，其中有些年輕客人，史匹曼無意中聽見他們是一群外甥兒女們，因為有錢的姨媽慷慨解囊，於是帶著配偶來月桂灣。史匹曼夫婦還沒有跟這群人裡的任何人正式會面，後者似乎也沒有興趣跟教授夫婦談話，這些表兄弟姊妹只是彼此談著他們自己的事。

佩吉‧史匹曼緊挨著丈夫，很高興他為晚餐特意打扮，甚至表示胃口不錯。她始終希望，在李門和哈伯利認罪後，亨利可以重新開始享受度假之樂，但是丈夫在這項消息被揭露後，不僅沒有放鬆，似乎還比前幾天更加心事重重。她知道包裝那個紙盒多少跟謀殺案有關，雖然他從沒向她明講他的意圖。

「如果我沒猜錯，光看你，我就覺得兇手可能還逍遙法外。」佩吉‧史匹曼對丈夫說。

「我不知道妳為什麼這麼說，親愛的。有自白書啊。」

「亨利，你在隱瞞著什麼？」她和他結婚夠久了，知道他什麼時候有心事。

史匹曼教授低聲笑，然後開始解釋。「我想我最近是有點在逃避。但我不想破壞妳的假期。現在飯店好像每個人都很放鬆，我也要妳好好享受。」

「你知道，只要我覺得你心裡有些困擾，我就高興不起來。你向來都是怎麼說的，我們的『效用函數是相互依存的』？」

史匹曼用手攬著妻子肩膀，深情地摟著她。「如果妳這樣說話，哈佛就得頒給妳經濟學學位；就算不是經濟學，也是心電感應術。」他瞧著地板好半晌，接著承認：「其實認罪這回事讓我很不安。原因很簡單：我覺得李門和哈伯利並沒有殺人。」

「但他們承認犯罪，而且已經關在牢裡。」

「這並不表示他們真的有罪。」

「你還能要求什麼呢？」佩吉・史匹曼反對。「服務生可以很輕易毒害岱克爾將軍。而且要記得，富特大法官被殺的那天，李門沒到飯店表演，而且沒辦法解釋缺席的原因。」

「我跟妳保證，哈伯利並沒有毒害岱克爾將軍。還有，我相信我知道誰是最可能謀殺富特大法官的人。」

「誰？」

「我賭馬修・戴克。」

史匹曼太太倒抽一口冷空氣。「你說笑的吧，亨利。他是哈佛大學的教授耶。」

「我相信有這個前例。」他說，並提醒妻子有關約翰・懷特・韋伯斯特（John White Webster）的故事，他曾任醫學院教授，卻殺死並肢解波士頓的某知名人士。

「但那是在醫學院。想想這種醜聞如果發生在神學院，有多不堪啊。」她說。

「那麼他們只好接受這醜聞。」丈夫警告。

「你為什麼認為，馬修・戴克教授會做這種事呢？」她問，仍然一臉不可置信。

史匹曼沉思她的問題。他不太喜歡以「為什麼」為開頭的疑問句。對他來說，有趣的問題都以「什麼」為開端，經濟學家不會問一個人為什麼喜歡草莓勝於香草，而是問他選什麼，因此他認為，妻子這個有關戴克動機的問題，並不像她想像的那麼切得要領。他認為，犯罪學太注重動機，他在經濟上的所學使他相信，要預測某人是否有罪，如果要史匹曼在兩個訊息間選擇，他寧可採用此人在犯罪前後的選項，而不是動機。

史匹曼太太打斷丈夫的思緒。「嗯，辛希亞跟哈洛說，那個叫費休的人溺水的事件可能跟富特大法官被殺有關，但是如果你說得對，那這可能性當然就被排除了。」

「是啊，是這樣，可不是嗎？」他喃喃自語。

妻子沒聽見他說什麼，又開始說了：「現在經你這麼一說，我想我懂你為什麼會這麼想。一定是那個新道德觀的問題了，是不是呢？而且當然了，那些他老是見到的人，他們都在做些很可怕的事，而且他老在替他們說話，用他的哲學為他們犯法的事辯解，就連富特都還沒到，他就已經在說他是多邪惡的人，如果他死了，對大家都好。」史匹曼太太說得入情入理，顯然很滿意自己推斷丈夫波長的能力。但她馬上就被否定。

「妳說的都對，但跟我說他有罪的理論無關。」

佩吉看起來有些失望。「**你的**理論又是什麼呢，亨利？」

「人在低價的時候總是買得比較多。」他回答。

「我知道是這樣，但是這跟戴克教授又有什麼關係？」

他嚴肅地凝視妻子。「跟戴克教授有關的，」他慢慢說道：「就只是：兇手不是戴克教授！」

這時候，史匹曼太太又倒抽一口氣，但不是因為丈夫剛說的話，而是她突然注意到，戴克教授離他們只有數呎之遙，聽得見他們全部的談話內容。

Chapter 16

「佩吉，妳看，十五分錢的東西賣七十五分，這是壟斷價格的完美例子。這飯店是小島上唯一買得到外地報紙的地方，飯店的管理階層很清楚這點，為了追求最大利潤，他們也就這麼訂價。」

早餐前，史匹曼夫婦正打算到飯店禮品部買份《紐約時報》。前面有兩個女人穿著泳裝在排隊，其中一個胖胖的中年婦人大聲說：「我知道該去吃早餐了，但我已經食之無味！好像每樣好吃的東西都有害健康。先是牛奶和蛋，然後是蔓越莓，再來是咖啡，現在又說連肉荳蔻仁都可能有毒。」

「肉荳蔻仁？」同伴問。「別這麼說。那聖誕節的時候要在蛋酒上撒什麼呢？」

「不知道，但是星期六的《時代雜誌》上有篇文章說，醫生研究發現，吃太多肉荳蔻仁對身體不好。」

史匹曼教授那天的早餐時間更是心事重重，妻子注意到他連魚都沒點，也沒看報紙。因此當他說這話時，她很意外：「想不想跟我去我們的小島，就妳跟我？」

「哪裡？」

「妳還記得從沙灘看得見的那座小島嗎？」

「有很多海鷗跟鵜鶘飛來飛去的小島嗎？」

「是啊，」他回答。「那座小島叫韓利洲（Henley Cay），我們可以請飯店幫忙準備一盒午餐，早上租艘船過去，下午再接我們回來。我們可以在那裡待一整天，在海灘散步，到處探險。」

「哇，亨利，這真是個浪漫的點子！」史匹曼太太歡呼。

服務生帶著他們點的菜。佩吉・史匹曼在家時，並不會吃太豐盛的早餐，但她無法抗拒那天的黃尾鯛。史匹曼太太尤其喜歡加點一道法國土司，如果在家裡，這樣的菜當早餐好像太豐盛了點，但她發覺帶著鹽分的空氣使胃口異常的好。

史匹曼教授向來喜歡吃的海鮮是蝦煎蛋捲，搭配炸馬鈴薯和咖啡，今天他卻很節制，只點了果汁和土司。

「亨利，你朋友又來了！」史匹曼太太說，很高興丈夫似乎有點度假的心情了。

亨利・史匹曼抬頭，看見一隻珠眼鶇鳥暫棲在隔壁桌，姿態很滑稽。那些調皮的鶇鳥不像島上其他比較小心的鳥類，會利用這個露天餐室，每天早上到一些空著的餐桌上撿拾食屑而沒有被趕走。

「你看牠跟我們離得好近，」史匹曼太太說，邊看鳥兒啄食一塊英式鬆餅。「不曉得為什麼，別的鳥都不飛進來。桌上有好多食物的殘屑，光給鶇鳥吃好像不太公平。」

「沒什麼不公平的，佩吉。只是選擇問題，鶇鳥似乎就是有別的小鳥所欠缺的冒險精神。」史匹曼寫過一篇文章，描述「冒險」在自由企業制度下的重要性，並批評現今商人欠缺這樣的精神。「就像人一樣，有些小鳥無疑是愛好冒險，有些則不敢冒險。無論如何，我們最好別在早餐桌上耽擱了，否則就得冒著船被租出去的危險。我最好趕快去跟飯店安排好租船跟午餐的事。妳要不要回房間換上散步的衣服，我等下在那裡跟妳碰面。」

史匹曼教授從用餐區走到大廳，向飯店宣布他的計畫。櫃台聽到史匹曼的遠足計畫，顯得不太贊成。

「教授，租船沒有問題。布雷拉克船長今早十點就可以帶你們過去，但我不能保證你們在韓利洲一定會玩得很開心，以前我們曾幫房客安排到那裡遠足，尤其是度蜜月的，他們想自己擁有一整座小島，但大多數人都覺得這地方不好玩，也很荒涼，結果現在那裡已經變成蝎子和紅螞蟻的天堂。我建議你們別去，但如果真的很想去，我就跟布雷拉克船長說，請他安排廚房幫你和夫人準備午餐盒。」

「感謝你的警告，但我們還是會去。麻煩告訴布雷拉克船長，有兩個乘客要到韓利洲。」

史匹曼說完，便轉身快步離去。

櫃台看著離去的身影，心裡很是訝異。就他記憶所及，這位矮小的教授沒有窮盡可能地詢價，這還是頭一回。

但是，這位櫃台先生如果有幸聽到前一天晚上教授跟妻子的對話，對接下來發生的事就會更加吃驚，因為在離開大廳時，史匹曼正巧遇見馬修・戴克，他請他幫個忙。

「戴克教授，我跟內人想獨處一天，所以訂了艘船到韓利洲，船一小時之後就要開了。可不可以麻煩你提醒一下管理員，告訴布雷拉克船長，今天下午四點來接我們？我知道那座小島荒無人煙，我們不想被困在那裡。順帶一提，既然神學家也喜歡獨處，你也可以找個時間到那座島上逛逛。或許你應該去了解一下。」

「沉思不適合我，亨利，但我期待你們在那裡會遇到人。」

於是，史匹曼的早餐時間並未耽擱太久。請飯店管理員訂的船很快在十點鐘準備就緒。不久之後，他們就在船後的軟椅上坐定，朝石頭遍布的小島而去，跟玳瑁灣相距約五百碼。

「我一定會玩得很愉快，亨利。很高興你提議走這一趟。但我很意外你會這麼做，因為最近你好像因為謀殺案或經濟理論，而顯得心事重重。」

「兩者並不必然互斥。」他說。

「總之，我很高興可以到沒有戴克教授的地方。自從他偷聽到我們討論對他的懷疑，就很怕他會來加害我們。幸好他不知道我們要去哪裡。」

「其實他知道，」亨利．史匹曼說。「我們吃過早餐後，我遇見他，就隨口提了一下。」

佩吉一時嚇傻了，她以為丈夫不會犯這麼明顯的錯誤。「你怎麼能跟他說這種事？他也許會跑去那裡殺死我們，就像他殺死富特大法官一樣！」她驚呼。

「別擔心。」丈夫回答。

「為什麼？昨晚你才認為他是兇手。」

「但那是昨天。我收到一些新的消息，所以我開始懷疑戴克是不是殺人犯。我曾經認為他是兇手，經濟學的分析指著那個方向。」

「經濟學怎麼可能……？」

「我來說明。還記得謀殺案發的晚上，我跟妳說戴克教授做了什麼奇怪的事嗎？他似乎違反所有經濟學理論的根本教義：需求法則。」

「需求法則？」

「對啊。妳也同意我說的，價格低的時候，人們會買得比高價的時候多。我又告訴妳，戴克教授並沒有這麼做。我注意到，戴克教授在每個場合，都像教科書一樣精準地遵守這法則，只有在謀殺案發生當天的經理雞尾酒會上例外。平日五點到六點的雞尾酒最便宜，這時他拚命喝，甚至請別人；天色越晚價格越高，他的慷慨程度也跟著降低，他幫自己和別人買的飲料會變少。我在經理雞尾酒會上觀察到的奇特現象是：雖然戴克最喜歡的農家樂價格低到谷底，他卻喝得比其他時候少很多。簡單地說，價格低的時候，他反而喝得沒有高價時來得多。對我來說，這樣的行為就需要解釋，我認為有些事打擾了他的正常生活模式。他的環境裡，唯一明顯的改變就是克提斯・富特被殺，因此我的結論是，他很可能就是兇手。」

「那你為什麼又改變主意了呢？那天晚上以後，又有什麼變化？」妻子問道。

「肉荳蔻仁。」

史匹曼太太不相信自己的耳朵，因此難以置信地問。「你是說，『肉荳蔻仁』嗎？」

「對，肉荳蔻仁。謀殺案當天，《時代雜誌》有篇文章說，吃肉荳蔻仁可能會中毒。我們知道，戴克讀《時代雜誌》就跟讀聖經一樣；我們也知道，在他最喜歡的飲料裡，肉荳蔻仁是最主要的材料。因此，有個新的假設出現了。戴克教授對農家樂的喜好，可能因為懼怕肉荳蔻仁而改變，這給了我兩個假設：戴克會大幅改變對農家樂的品味，是因為謀殺案或肉荳蔻仁。當經濟學家有兩種可以解釋同件事的假設，會選擇比較簡單的解釋。在這裡，當然就是肉荳蔻仁。」

船隻接近小島東端的小碼頭，史匹曼起身看船隻靠岸。妻子隨他走到右舷欄杆旁。「妳知道，佩吉，好諷刺，真的。還記得我那天晚上跟妳說哈佛的那起謀殺案嗎？在那個案子裡，韋伯斯特教授之所以脫離正常經濟行為，是因為他幫他教書的那棟樓的清潔工，買了隻巨大火雞。他是在命案發生幾天後做這件事。這個異常的慷慨舉動使得清潔工開始懷疑，於是他去韋伯斯特的實驗室下挖掘，才發現一些屍塊。清潔工是因為我所謂的經濟推理的刺激，才解開讓波士頓警方束手無策的罪案。」

「但是，如果經濟推理告訴你，戴克沒有殺死富特，那它說是誰？」史匹曼太太問。

他還沒回答，布雷拉克船長便從船橋上對著他們喊：「我們要靠岸了，我把你們留在這裡，想待多久都行。你們要我幾時回來？」

「四點整，拜託，」史匹曼回答。「到那時應該就玩夠了。」

布雷拉克行禮以示回覆，接著沿碼頭邊的木樁將船靠岸。他的同伴協助兩位乘客下船，布雷拉克則是熟練地操作引擎與方向舵，讓船靠近碼頭。以這種方式，就不需要因為短暫停留，還得把船綁在岸上。同伴將午餐盒交給史匹曼夫婦，雙方在船隻駛離之際揮手道別。接著，史匹曼夫婦轉頭面對即將與他們相處一日的小島。

他們看見的，並不像那些旅行社形容、熱帶小島的迷人景象。韓利洲主要是崎嶇嶙峋的巨石、灌木林，以及數不清的本地昆蟲，島上唯一的明顯地標，是在東端有棵巨大的羅望子樹。史匹曼轉身望著妻子，以為覺察得到她臉上一絲失望的神色。「我也不覺得這是我想來二度蜜月的地方。」他說。

她回視著他，頑皮地笑。「我們肯定可以在這裡快樂探險。況且，我們都還沒看過整座小島呢。」

「唔，這不難。島的直徑才半哩，我們這就出發吧，也許等到午餐時間，就會發現涼爽的景點。」

大約走了兩小時，史匹曼轉向妻子說道：「坐在這塊石頭上休息一下吧。教授的靜態生活實在不適合在這種氣溫下攀岩。」史匹曼從百慕達短褲裡取出一方手帕，抹抹額頭。熱帶陽光到了近午便已相當毒辣，兩人都想暫停一下探險活動。

「亨利，我在船上的問題，你一直沒有回答我。」

「什麼問題？」

「船靠岸前我問你，如果經濟推理可以告訴你是誰殺死富特，你知道是誰嗎？」

「佩吉，妳總是告誡我，不在哈佛的時間，別老想著經濟學，」他開玩笑地說。「不過既然妳問了，我正巧做了個假設，其實我就是要在這裡測試一下。」

妻子滿臉愁容：「什麼意思？你要在這裡測試一下？如果不是戴克或李門，你還懷疑誰？」

「費休。」

「但那是不可能的啊。他已經死了。」

「這件事情我也懷疑很久了。妳還記得我們頭一次看見他的情景嗎？他在船上的行為不只說明他的頑固，還有他的刻薄。那天早上我在飯店租腳蹼的時候，更是證實第二點。飯店的出租制度應該會吸引小氣的人，因為雖然腳蹼的押金比零售價還貴，但因為遺失腳蹼的機率太低，所以租還是比買划算。」史匹曼一個停頓。「除非不打算歸還。」

「但我還是不了解你知道……」

「他那麼吵鬧地說，為什麼要用押金而不乾脆買斷，我判斷費休先生並不打算退還那雙腳蹼。後來聽說他溺水，我想起他留在沙灘上那罐沒蓋上的防曬油，我再次覺得不合常理：這麼小氣的一個人，怎麼會不小心把防曬油留在很容易打翻的地方？於是我將兩個令我對他不解的謎題放在一起。第一，他想買腳蹼。第二，沒加蓋的防曬油。兩件事如果要符合他小氣的特色，就只能假設他不打算歸還腳蹼，或是取回防曬油。」

「但是哈洛跟辛希亞覺得，他可能是被害溺水的。」史匹曼太太反駁。

「可是佩吉，」他提醒她。「妳忘了防曬油沒蓋上的事。像費休這麼小氣的人，他對這點應該會比較小心。」史匹曼太太想了一會兒。「也許他還來不及蓋上蓋子，就被拖到水裡，被迫溺水了。」

「謀殺犯如果打算溺死一個人，卻在逼他入水前，還讓他得到穿上腳蹼的優勢，未免也太笨了。」接著亨利・史匹曼做了結論：「所以我開始想，費休並沒有死，只是假裝溺水。克提斯・富特被謀殺後，我就懷疑溺水事件跟這位大法官之死也許有些關連。」

「嗯，好吧，但我還是不了解為什麼我們在這裡。」

「因為我的假設是，費休是游泳到這裡，用這座小島做為他犯命案的安排地點。任何有能力從我們的海灘游泳到這座島上來的人，就可以輕鬆游到吹風管，而且，我希望今天找得到一些費休曾在這裡的證據。」

「不只是曾經在這裡，而是還在。」貝索・費休舞著一把槍，從一塊巨石後面冒了出來。

史匹曼太太急急喘氣，緊抓丈夫的手臂。「別這麼不快樂，佩吉。」史匹曼對妻子說。

「畢竟，我們剛看到我的假設被證實了。只不過是以最不愉快的方式罷了。」

Chapter 17

站在他們面前的，是那個所謂溺斃的人，滿臉灰色的鬍鬚遮住一切，卻遮不住陰沉的神色。他看起來不一樣了，不再穿著白色衣裝，他的卡其布衣服襤褸污穢，巴拿馬帽不復存在，換上步行專用靴，人們可能會誤以為他是島上的流浪漢，但他那牛頭犬般的下巴，卻是如假包換的正字標記。

「你知道嗎?你還真是塊料，」費休說。「自從我為難警方之後，我以為我也愚弄得了哈佛教授，但你一定不是用理論包裹自己的典型教授。」

「理論並沒有錯，只要站得住腳，」史匹曼反駁。此刻他鎮定了些，對這暗示象牙塔的說法頗感不悅。「事實上，是經濟學理論指向你是兇手。」

「我真佩服你，教授。我在學校的時候，總覺得經濟學很無聊，也許我應該認真點研究。不過，顯然警方並沒有接受你的理論，我可愛的收音機告訴我，他們抓了兩個黑人，說是兇手，就像在媒體上說的。」

費休正在暖身。史匹曼夫婦起初嚇了他一跳，但眼前這兩個溫和的人不太像能造成什麼了不起的威脅。他笑了開來，顯然開始享受起這全幕場景。「告訴我，教授大人，您為什麼認為我沒淹死？其他人似乎都以為我現在一定在某條鯊魚的肚子裡。」

史匹曼必然明白眼前處境有多危險，即使如此，他還是興致勃勃地說明結論背後的推理。教授一路展現觀察力，費休顯得很著迷。史匹曼談到在船上看到的冰茶事件、碼頭上的腳蹼，以及海灘上的防曬油，費休聽得入迷，自己的一舉一動竟然受到密切監視，他差點記不起來自己在假裝溺水前，曾經和教授打過照面。這位口若懸河的經濟學家，將他的行動和富特大法官的命案串連起來，真的令他十分吃驚。

「真了不起，我說真的。但你為什麼來這裡，而不去找警察？」

「嗯，就像你說的，本地警察不接受我的理論。我想，只要我能證實你還活著，就可以支持我歸納出來的結論，我全然相信找得到你曾經來過韓利洲的證據，只是從沒想到你還在這裡。」

「嗯，你再過幾小時就可以證實你的結論，因為我今晚就要走了。而且你應該知道的，我不能讓你的理論被證實。」

史匹曼太太剛從最初的驚嚇中恢復神智，此刻總算弄清楚眼前的險境，於是頭暈了起來。她伸手到皮包裡尋找阿摩尼亞水，費休的手像蛇一樣飛射過來。

「別動，太太。」他將皮包裡的內容物全倒在地上，發現沒什麼威脅性，便示意她可以繼續。他很快變了一張臉，將注意力轉回教授，像小學生似地說：「我還是不懂，你怎麼一口咬定是我殺了富特？那兩名黑人分明已經認罪，而且也被關進牢裡。我不懂。」

此刻史匹曼已經恢復他的本色，他又回到哈佛，面對一年級研究生講話。他帶著學生走過那兩個不幸的囚犯所面臨的問題與兩難困局，結論是他們的認罪事實毫無意義。史匹曼說明，故事的下半段幾乎是典型的案例研究，顯示李門根本不可能是周六謀殺案的兇手，一星期中的其他任何一天都可以提供同樣機會，而不必造成經濟損失。

教授的邏輯推理讓費休目瞪口呆，但他有個問題。「我來飯店之前發生的另一宗謀殺案。你為什麼沒辦法也找到答案呢？」

「我找到了。而且也是用簡單的經濟理論。」

「哼，至少你沒辦法把它算在我頭上。」

「這點你對了，好像不太可能。但是兩起謀殺案是不同的人犯的，我也找不出它們之間有什麼關連。沒有，你沒殺死岱克爾將軍。是克拉克夫婦，道格和朱荻幹的。」

史匹曼預期對方會異常驚訝，但抓住他的這個人，臉上浮現的怒意卻出乎他的意料。「經濟理論是可以破解這起案件，但你為什麼這麼意外？」

這回輪到費休投擲炸彈。「是啊，我是很意外。你知道，道格・克拉克是我哥哥。我是戴若・克拉克。當然我需要另一個名字來假裝溺水。」

「我並不是完全沒想到。我始終覺得，這兩起謀殺案幾乎一定有關連。機率定理之類的。我只是沒注意到，有什麼可以把它們綁在一起，你做到這點，只是我不懂……」

「好，教授，既然你看起來這麼感興趣，讓我們換個帽子，我來跟你說故事。整件事是臨時起意的。朱荻和克拉克計畫這趟旅遊已經好幾個月了，與岱克爾在月桂灣相遇，純粹只是巧合。」戴若・克拉克一面說起一個顯然存在他腦子好一段時間的故事，於是又充滿敵意。

「道格跟我還有一個弟弟，比我們年輕很多。不過是個孩子，真的。一九七二年他在越南被殺，當時的司令官，正是岱克爾那個雜種。」史匹曼插嘴：

「但是你當然不能怪罪……」

「現在我才是教授，小傢伙，我知道你在想什麼。一個少尉被殺死，應該不是司令官的錯，但這個岱克爾可不是普通的將軍，他把這場戰爭當成他個人的事，而且往往越級指揮，有時甚至到了排的層級。」

「我和道格埋葬小弟的遺骸後，從他的一位同袍口中知道，最後一次的搜索破壞任務根本是自殺行為，是因為敵人某個具破壞性的砲隊沒有被摧毀，讓岱克爾很不高興。於是他離開他在西貢的華麗總部來到前線，命令他遇到的第一個排進攻那地方，最後總共花了十排士兵外加空中支援，才消滅那個砲隊。道格和我用了別的消息來源才查到整個故事。這是真的，當時我們就發誓，只要一有機會就要殺了岱克爾。好了，現在他就在這裡，等於是自投羅網。」

「道格要我寄給他一些毒藥，如你所知，他用它把工作完成了。問題是，道格無意中聽見那個叫富特的人也許看見他做了這件事。這時我才過來幫道格繼續執行他未完成的計畫。很簡單。我很會游泳，道格知道大法官跑步的路線，今晚道格和朱荻會來接我，明天戴若・克拉克就會回到美國，那個不太有人哀悼的費休從此長眠。我覺得真好，警方破了這兩起可怕的案件。沒有人想破壞什麼，是嗎？」

於是克拉克殿後，這四不像的三人行沿著布滿石塊、根莖混雜的小徑，朝小島北方走去。狹窄的小路繞著島上的大羅望子樹轉彎，灌木叢過度生長，使跋涉其中更加困難。時值正午，熱帶陽光強烈，史匹曼太太再度感到暈眩，只是她不確定那是來自熱，還是出於恐懼。

小徑來到俯瞰海域的海岬。三人在此停住，眼前的景色很難讓人感到恐懼，遠方遊船劃過加勒比海的湛藍水域，海鷗在白色浪頭上掠過，然而史匹曼夫婦無視美景，注意力全集中在克拉克押著他們的致命武器。

克拉克沒打算繼續對話。他看是沒問題。沒有人會聽見槍響，屍體會掉到腳下的水裡，尋找和謎樣的費休相同的命運。亨利・史匹曼讀到克拉克眼裡的自信。

「不會讓你那麼稱心如意的。」

「你在做夢，教授。我一直都在下面游泳。這些海流是會殺人的，請原諒我用這個說法。」史匹曼現在感到絕望了，知道他和妻子難逃此劫，也知道只要繼續談話，他們至少會繼續活著。也許會發生什麼事。

「你忘了帶我們來這裡的人。他不久之後就要來接我們，如果我們沒在碼頭等著，他就會找遍整座小島，也許就會找到你，或至少發現你來過這裡的跡象。你沒法殺光所有阻擋你的人，總會跌倒的。你何不……」

亨利・史匹曼始終沒機會提出替代計畫，克拉克此刻已經不再尊敬史匹曼的歸納推理能力，只一個勁地敘述他今晚去美國的行程。與其說是在回答史匹曼，還不如說是在大聲思考。

「省省吧，教授。我只要留個字條給船長，說你改變計畫，請某艘路過的帆船載你們一程。你今晚或明天早上就會付錢給船長，以補償為他帶來的麻煩。你們會成為失蹤人口，也許明天才會被發現，那時我已經安全離開了。總歸一句，完美且漂亮！」克拉克繼續說著，幾乎是在暗暗思忖。他的話聽來充滿自信，但是一絲懷疑的語氣爬進他的聲音裡。

「你知道，這麼完美，幾乎是好笑了。我從來沒來過這裡。我假裝的那個人已經死了。完美。」教授注意到他的一陣遲疑。克拉克為什麼不用他的槍呢？他在等什麼？難道他沒辦法處理一個人跟他的妻子，只因為和他們面對面？他畢竟是殺了富特大法官。亨利・史匹曼還沒打算放棄，雖然他也許沒辦法拖上一整個小時，等到布雷拉克船長開船回來接他們。

「你……你為什麼要用自動手槍，而不用左輪槍？」佩吉・史匹曼很難了解這瘋狂的問題。她幾乎要休克了。克拉克回答了這問題，顯示他也歡迎有機會重拾他的決心，為了他自己的生存，這件事非做不可。

「左輪，自動。我不知道。為什麼有些網球選手一定要用金屬球拍，而不用木製的？左輪槍是因為……」

他始終沒機會說完這句話。他在尖叫前，臉上出現痛苦表情。他丟下槍，在地上打滾，捶打著自己的腿。亨利・史匹曼不曉得發生什麼事，但他立即拾起克拉克的槍。佩吉先是驚駭地望著克拉克，接著變成恐懼，因為克拉克還在慘叫，像瘋子一樣撕扯自己的長褲。佩吉在他撕下來的地方，看見他的皮膚上有些細小的紅色物體，有點像疹子，但是會動。

克拉克站在一個熱帶軍蟻的蟻巢上。這些細小卻兇惡的生物爬上他的腿，接著像是接收到訊號似地開始猛力攻擊，牠們的直覺告訴自己，牠們的力量已經可以全面發揮，如果克拉克是被綑綁著，他也許活不過一小時，不過他幾分鐘後就有些進展，趕走了一些小小的紅色怪物。

現在手槍在教授手中，他感到自在了些，同時瞧著克拉克狂野的動作變得比較有規律。約莫十分鐘後，他終於趕走最後幾隻螞蟻，開始將注意力轉向較大的場景，方才他將全副精神集中在螞蟻上，此刻看來，他對眼前主客易位的情勢感到非常意外。當他終於注意到史匹曼手上的槍，才發現它就正對著自己胸口，雖然兩人相距十呎，克拉克還是向前移動，想縮短雙方的距離。

「別動。」教授身材矮小，聲音卻響得嚇人。克拉克停下腳步。「而且別耍花招。你跟那些可愛的紅螞蟻玩耍的時候，我已經找到這玩意的安全閥，它已經鬆開，隨時可以發射。」

史匹曼繼續說，聲音顯示他已鬆了一口氣。「克拉克先生，我還可以告訴你另一個理論。在這樣的距離，我想我還打得到你的胸膛。而且在你走過來之前，我也許還可以射個兩、三發子彈。你若是要測試我這個新理論，就再前進一步試試看。」

一切結束。布雷拉克船長準時到達，他們前往克魯斯灣而非月桂灣，史匹曼的俘虜就在那裡交給警方。克拉克立即認罪，法蘭克林·文森當下立刻打電話給亞伯菲德，請他安排拘留朱荻和道格·克拉克。

文森滿心歉意，但亨利·史匹曼只是一笑置之。文森看見教授竟破解月桂灣命案，嘴巴張得老大，模樣讓這位經濟學家樂不可支，他忍不住說：「基礎中的基礎，我親愛的文森。這就是基礎經濟學。」佩吉·史匹曼此刻已經大致恢復鎮定，對丈夫的評語有點難為情。

稍後在文森的辦公室，亨利・史匹曼的外表言談越來越像個經濟學教授，雖然他那天的古怪動作比較像約翰・韋恩，他坐在那裡跟文森說他推論的故事，兩條短腿在地板上搖晃，天真的臉彷彿在發光，他說明如何用經濟學概念的機會成本、囚犯的困境、需求與資金的法則，以及這一切如何組合在一起，讓他判斷假裝成貝索・費休的戴若・克拉克，他的行為如何前後不一，以及所有的推論如何帶他來到韓利洲。他細數他和妻子有多麼接近死亡。

法蘭克林・文森很難接受這一切。「教授，你的理論多到讓我摸不著頭緒，儘管我一直用心聆聽，但還是有些東西怎麼也搞不懂。你一開始是怎麼會懷疑克拉克夫婦的？我從來沒見過比他們更標準、更開放，誠實又迷人的夫婦。」

教授開始說明，臉上也浮現不悅的神色。「我第一次來這裡，就試著跟你說這回事，可你不聽。這全是需求法則在運作，這法則是牢不可破的，但他們卻違反它，這是整個經濟學脈絡當中，最顛撲不破的原理。我試著跟你談克拉克夫婦的事，因為我就是無法理解這個法則竟行不通。

「我再很快把整個故事交代一遍。現在你知道故事結局了，那麼也許你就可以接受它一開始的真相。克拉克夫婦最初來到月桂灣，是為了每天晚上可以去克魯斯灣跳舞，他們是這麼說的。為什麼他們來這裡？因為它比飯店裡的娛樂便宜，就連搭計程車來都划算，他們又這麼說了一次。」亨利・史匹曼本色再現。這會兒他站了起來，在觀眾面前踱著步。他又回到哈佛，但這回是在大學部，面對大一新生。

「好。當克拉克夫婦的孩子被送回家去看外公外婆，他們的行為模式突然改變。從那時候起，他們晚上都留在飯店裡，而不來克魯斯灣。」文森仔細聆聽史匹曼說明，每聽見一個想法便點頭。但是現在，茫然的表情又回來了。

「等一等，教授。這些你以前都說過了，但我還是不懂，為什麼克拉克的孩子回家後，你就開始懷疑他們夫婦呢？」

「文森警官，你們外面辦公室是不是有個黑板？如果可以把它拿進來，也許我就可以讓你看些數字，以表明我的推論，落實我的懷疑。」黑板送進來，史匹曼站在前面，看起來更是得其所哉。

「好了，我們來還原真相。克拉克夫婦待在克魯斯灣是為了省錢，是嗎？對。我們來看這些開銷。」史匹曼在黑板上寫了起來，他用的是老師常用的反手寫字方式，因為怕遮住了寫過的字。

克魯斯灣	
跳舞加計程車資	$14
保姆費	4
總計	$18

教授將這些數字寫上黑板，微微一笑，繼續寫道：

月桂灣	
飯店裡的娛樂費	$30
保姆費	4
總計	$34
比克魯斯灣高	89%

「好，現在克拉克夫婦的孩子已經送回家了，這就省了保姆費。」寫到這裡，史匹曼劃去保姆費$4，再到克魯斯灣總計的地方寫上新的數字$14，月桂灣則寫上$30。「現在總開銷有點不同了。」此時教授劃去八九%，寫上一一四%。

「但是，即使飯店的價格相對高很多，我們比較的一一四%和八九%的不同，克拉克夫婦還是選擇待在飯店，他們應該做相反的動作才對。以絕對值來說，兩邊都變得比較便宜，但相對而言，克魯斯灣更便宜。這種不合邏輯、不合經濟效益的行為，一定要有些解釋，因為克拉克夫婦在東西變便宜後，反而要求得少。」史匹曼此刻完全掌握他的聽眾，而他也很清楚這一點。他將黑板搬離他往返踱步的路。

「另外有些事情，也開始編進這種不合理的行為模式。岱克爾將軍被殺的那天晚上，克拉克夫婦的跳舞地點改在月桂灣。根據需求法則，這天晚上他們應該待在克魯斯灣的，這就是為什麼我跑來找你，警官先生，但你偏偏聽不進去。」文森探員在位子上蠕動，活像去參加啤酒晚會，而沒做功課的大一新生。真是像極了，如果不看他臉上的皺紋和稀薄頭髮的話。教授繼續滔滔不絕，無視文森的惴惴不安。

「當我發現你不打算採取任何行動，我就決定自己進行一項測試，好了解克拉克夫婦到克魯斯灣的真正理由。」

接著，史匹曼談到他去了碼頭，以及在那裡所問的一些問題。他津津有味地提及他準備的那個包裹遊戲，目的是為了測試克拉克夫婦的反應，並談到他們的反應證實他的懷疑。

「所以，我們就知道，每個警察都應該接受經濟學理論的訓練。是嗎？文森警官。」教授並不真的想得到回答。文森探員依然坐在原地，癱在那裡，難以置信地搖頭。經濟學的力量毫無疑問獲得展現，史匹曼依然有種感覺，犯罪調查方法並不會改變，至少在加勒比海的這角落是如此。

❖ ❖ ❖

第二天早上，史匹曼夫婦準備離開聖湯瑪斯島搭機返家，維能・哈伯利、瑞奇・李門和他的母親都來到碼頭感謝史匹曼教授，並道再會，他們的現身令史匹曼夫婦很感動。亨利・史匹曼靦腆地接受他們的謝意，能在回劍橋前看見李門母子，似乎也覺得格外高興。在他腦海裡，還有一部分謎團尚未解開。關於這一點，李門母子是唯一能滿足他好奇心的人。史匹曼握著這位樂團團長的手臂，走到碼頭上其他人聽不見的地方，輕聲說道：「你絕對可以相信我是謹慎的人。你在富特大法官被殺當晚離開飯店，我假設一定是因為你得到一個機會，而這個機會的價值，高過你原來安排好在這裡演出的收入，但你沒跟警方交代行蹤，我的天性是，如果理論缺乏支持證據，我就會覺得渾身不對勁。不久前你問我，是不是有什麼方法可以回報我為你做的一切，如果你可以告訴我，在你缺席飯店演出的那個星期六晚上，是什麼讓你放棄三百美元的收入，我就感激不盡。」

「四百美元。」

「但是，如果你在別的地方賺到四百美元，為什麼不用它做為不在場證明？」

「那天我從一個弟兄那裡得到四百美元，他對我們的運動很重要。我不能跟警方透露我跟他在一起的事實，因為他們可能會去追蹤他。」

「拼圖完成了。」史匹曼說。

史匹曼夫婦坐進飯店船隻的軟墊椅，月桂灣的經理華特・懷德上船表示飯店對他們的感激。「這裡有個東西，你也許會想在回去的路上讀一讀，」他說，同時給他們看夏綠蒂亞梅里的晨報，頭條新聞就是聖湯瑪斯當地警察逮捕了克拉克夫婦。第一頁有張巨幅照片，上面是個面帶微笑的警員，銬上那對年輕夫妻，照片下寫著：「亞伯菲德探員破了月桂灣謀殺案。」大約同一時間的克魯斯灣，法蘭克林・文森探員正百無聊賴讀著同一則新聞。

飯店的船駛進匹斯堡海峽，由布雷拉克船長掌舵。當船朝紅鉤碼頭而去，預備停靠聖湯瑪斯島時，佩吉・史匹曼打破這段路上始終維持的愉快沉默。

「好了，亨利，待會兒就要搭飛機回波士頓了。」

「是啊，然後我就可以開始想我的經濟學了。」聽起來好認真的聲音，眼裡卻帶著微笑。

後記

到底為什麼，兩位主流的經濟學家，會嘗試以偵探小說的形式，來表達他們的理念？以下是《邊際謀殺》的個人寫作紀錄，包括經濟神探的來歷、如何寫下第一次歷險、尋找出版商的經過，以及書本問世後的花絮。為了客觀與方便，我們以第三人稱敘述。

對布瑞特與艾辛格而言，最初撰寫史匹曼的第一次歷險，感覺彷如昨日。他們到聖約翰島度假，（以淡季的價格）住在一家優雅的飯店裡，布瑞特帶來一堆推理小說做為暑期閱讀之用，他也夠厚顏地想，他帶到克尼爾灣蔗園飯店（Caneel Bay Plantation）來的好書，自己或許也有能力寫上一本。

事實上，這想法的種子，種在布瑞特的腦子裡很久了。他向來喜愛哈利・柯美曼（Harry Kemelman）的拉比史莫系列（Rabbi Small），它的第一本書就是一九六四年出版的《周五拉比睡晚了》（*Friday the Rabbi Slept Late*），書中拉比透過對猶太法典的所知而破解謀殺案。熱愛推理小說的布瑞特於是想到，在這些「誰是兇手」的小說裡，扮演業餘偵探的角色有很多種，像是卻斯特頓（G. K. Chesterton）有布朗神父（Father Brown），阿嘉莎・克莉絲蒂（Agatha Christie）有住在聖瑪麗米德村（St. Mary Mead）的老處女瑪波小姐（Miss Marple），雷克斯・史陶特（Rex Stout）有尼羅・伍爾富（Nero Wolfe），亦即那位肥胖、很少離開曼哈頓赤褐沙岩屋的養蘭人。於是他想，何不來個經濟學家偵探，用經濟學的理論破案？既然出色的偵探必定是最理性的生物，那就肯定是個經濟學家。畢竟在經濟學這種社會科學裡，主要角色就是理性算計的**經濟人**。

有天晚上，布瑞特吃過晚飯回房的路上，不經意地跟他的朋友，同為經濟學家的艾辛格提起這構想。艾辛格對這點子竟十分熱衷，他鼓動布瑞特試著寫這麼一本小說，但布瑞特很猶豫，因為機會成本會很高，要花很多時間，會壓縮他在經濟學上的時間。艾辛格反駁說，寫這樣的謀殺推理小說，雖不算是在經營經濟學的學問，卻也是處理這主題的一個方法，布瑞特反對，他承認自己的個性有個缺陷，就是會在任何人的慫恿下，被拖進電影院去。艾辛格勸誘他，說他們可以一同嘗試。艾辛格的荷蘭基因，使他擁有布瑞特欠缺的訓練。結果毅力勝出：布瑞特被說服，他們將以合作的方式來檢測這個構想。

布瑞特認為，突出的主角很重要，這點令艾辛格很佩服。要令人難忘，虛構的推理小說就必須有奇特的角色，具備異於常人的個性。讀者在忘了故事情節許久後，都還會記得他們的各種缺點。最後兩人選擇，以「經濟學家中的經濟學家」傅利曼為原型。傅利曼幾乎任何一件事都從經濟學的角度思考，同時他那矮小的身材，濯濯童山，隨和的微笑與聰明的腦袋，在在是小說人物的理想特色。此外，碰巧他的許多特性，都跟最有名的偵探福爾摩斯相反。外貌上，傅利曼矮小，福爾摩斯高挑；個性上，傅利曼總是愉悅地微笑，福爾摩斯則是嚴肅陰沉；生活方式，傅利曼婚姻幸福，福爾摩斯是個不折不扣的單身漢。

亨利・史匹曼（Henry Spearman）就此誕生。選這名字是因為它在韻律和音調上都很像「米爾頓・傅利曼」（Milton Friedman），帶著感知力與決斷感的音韻，就像一根矛（spear）射進（一個問題的）心臟；字首正好和柯南・道爾（Arthur Conan Doyle）的創作相反。也許諾貝爾獎得主肯尼斯・亞羅（Kenneth Arrow）對這選擇也有些影響。他們很快決定，這本書的寫作風格是傳統的英國式知性偵探小說，也就是所謂的「床頭書」（cozies），而不是像達許・漢密特（Dashiell Hammett）和雷蒙・錢德勒（Raymond Chandler）所寫的那類冷硬派偵探小說。裡頭也不會有血淋淋的暴力場景，或是像羅伯・勒德倫（Robert Ludlum）那般快速節奏，它比較像克莉絲蒂的精神，亨利・史匹曼是教授版本的赫丘勒・白羅（Hercule Poirot）。

奇異或複雜的場景，是這種文體所不可或缺，最好用暴風雨、水域或森林，將它跟外界區隔開來。一般來說，這個宇宙裡的居民只有偵探、被害人、嫌犯、警察和兇手。布瑞特和艾辛格明瞭他們來度假的這間飯店就是最完美的場景，克尼爾灣蔗園飯店是休閒勝地，位於美國維京群島中最小的島上，是個遺世獨立的小世界，有兩個開放式的晚餐露台、絕佳的廚房、舒適的小木屋，還有七處白沙海灘，外圍是清澈湛藍的海水。飯店四周是修剪整齊的草地、椰子樹與花園、環繞濃密的熱帶植物，間或有幾條滿布石塊的人行步道。有些地方的人行步道蜿蜒而上，旁邊是陡峭的山坡垂直落入洶湧的浪潮中，寂寞的步道瀰漫的恐怖氣氛，布瑞特和艾辛格都注意到了。此外，飯店的房客和員工中，有些帶著各種色彩的角色，都可以做為被害人與嫌犯的原型。他們同意亨利・史匹曼的探險故事可以被安排在這樣的地方，並將它重新命名為月桂灣蔗園飯店。

接下來的工作，就是選個共同的假名。使用自己的名字有個缺點：布瑞特與艾辛格在幾份專業經濟學與法律期刊上，已經合作寫過一些文章；比較合理的做法，似乎是將過去和未來所有非小說的工作及其小說實驗區分開來。況且，前人多的是合作而以假名共同發表的推理小說。艾勒里・昆恩（Ellery Queen）其實是堂兄弟：佛列德瑞克・丹奈（Frederick Dannay）和曼佛瑞・李（Manfred B. Lee）；艾瑪・拉森（Emma Lathen）是兩名居住在波士頓的女子：瑪莎・漢妮撒（Martha Henissart）和瑪麗・珍・拉昔絲（Mary Jane Latsis）；阿德雷・曼寧

（Adelaide Manning）和希若・柯爾斯（Cyril Coles）雙人組則是以曼寧・柯爾斯（Manning Coles）為名寫作；法蘭西斯・畢丁（Francis Beeding）是約翰・帕瑪（John Leslie Palmer）和希拉利・桑德斯（Hilary Adrian St. George Saunders）這兩位英國人。布瑞特和艾辛格在試過幾個可能的名字之後，決定採用「馬歇爾・傑逢斯」，那是十九世紀兩位英國經濟學家的姓，亦即馬歇爾（Alfred Marshall）、傑逢斯（William Jevons），他們是邊際分析的先驅者。

決定神探的姓名與個性、故事場景和共同的假名後，布瑞特與艾辛格將注意力轉向情節的建構。他們從一開始就知道，為了讓馬歇爾・傑逢斯找到偵探小說的利基，就需要一個原創模式，謎題依循這個思路步步展開。起初他們決定將解答寄存在一套建立完善的經濟「法則」上，但這些法則必須在書上一開始就先謹慎說明，隨後再悄悄出現在截然不同的內文中，它們將會是亨利・史匹曼破案的關鍵。為了派上用場，這些經濟法則剛出現在讀者面前時，聽起來必須簡單合理，但它有種「潛藏的邏輯」，也就是說，具有長遠的意涵，無法一眼識破。那麼，還有什麼比需求法則（也就是物品在低價的時候，人們會買得比在高價時多）更合理的呢？然而需求法則的意涵是很精微的，史匹曼因為了解它們，使他有能力在小說的最後找出兇手。史匹曼的推論方法，將會是書中最突出的特色。

布瑞特與艾辛格找到合適的經濟噱頭後，便開始致力發展情節。他們了解推理小說情節逼真的重要性，因此研究了維京群島的相關細節，包括它的地理狀況、花草樹木、加勒比海的怪異魚類、鋼鼓樂團的鋼鼓如何製作、聖約翰島的警方開什麼警車、克魯斯灣的警察局、本地的食物，以及往返聖湯瑪斯島和聖約翰島間的船隻。他們幾乎是一起經營每個句子，彼此測試各種說法，最後才將選定的文字寫下。小說費時三年才完成，原因是他們給這本書的時間並不多。布瑞特和艾辛格都各有其他要務，期間他們還寫了一本關於反托拉斯罰則的書，也在專業期刊上投稿。

《邊際謀殺》的完稿地點跟一開始時相距甚遠，剛開始是在艾辛格位於維吉尼亞州凱斯維克（Keswick）的小農場，結束則在布瑞特靠近夏洛特維爾（Charlottesville）的家裡，他們議決最後幾頁的地點，就在布瑞特的書房窗邊，望出去是緩降的草坪，小溪岸邊則排列一些榆樹。這是歡樂的時刻。

「寫書」是一回事，「出書」又是另一回事。第一個阻力，是沒有出版經紀人，而沒有出版經紀人，他們就進不了出版社。他們過去從沒有這問題，出版技術性的經濟學書籍，並不需要經紀人。

布瑞特和艾辛格把《邊際謀殺》的草稿寄給幾家出版商，但都原封不動被退回來，上面還附一張紙條，說他們不收「寄到窗口」的草稿。他們想聘一位經紀人，卻發現自己進退維谷。

有能力進入出版社的作家經紀人，不會受理沒出過小說的無名小卒。

之後有一天，湯瑪斯・霍頓（Thomas Horton）來到維吉尼亞大學布瑞特的辦公室，他經營一家專門出版經濟學和商業書的小出版社。他問布瑞特能否採用他的一本教科書為教材，他的公司名為「Thomas Horton and Daughters」，出版過傳利曼的《一個經濟學家的抗議》（*An Economist's Protest*）和薩繆爾遜（Paul Samuelson）的《薩繆爾遜取樣》（*The Samuelson Sampler*），以及這兩位諾貝爾獎得主曾在《新聞周刊》（*Newsweek*）發表的部分文章的文集，當布瑞特問及如何為《邊際謀殺》尋找出版商時，霍頓回道，他向來對出版小說很感興趣，同時表示他接下來的一星期將在麻省理工學院和薩繆爾遜見面。「我相信他的判斷，」他說，「我會請他看看你的草稿。如果他建議我出版，我就會出。」結果，薩繆爾遜喜歡這本書，他那酷愛推理小說的秘書也是。

這本書剛問世時，封面上並沒有說明馬歇爾・傑逢斯的真實身分（雖然在學術圈的經濟學家中，任何人應該都不難發現真相）。在封底扉頁的「作者簡介」部分，艾辛格虛擬了一個自傳式陳述，影射兩位作者一生的最終夢想：

馬歇爾・傑逢斯是UtilMax公司的總裁，該公司總部位於紐約市，是家國際顧問公司。他曾榮獲羅德學者獎（Rhodes Scholar），擁有經濟學、生化學與海洋學的高等學位。傑逢斯是奧運獨木舟獎牌得主，目前的嗜好是研究火箭，未來希望行銷可可豆。他是維吉尼亞土生土長的孩子，但比較喜歡說「伊麗莎白女王二號」郵輪是他的「家」。這是馬歇爾・傑逢斯的第一本小說。

一九七六年夏末，《邊際謀殺》的精裝本面世，幾乎在此同時，《華爾街日報》的一篇書評給了這本書極佳評價。碰巧這時《紐約時報》正在鬧罷工，因而《華爾街日報》的發行量大幅增加。這篇書評名為〈亨利・史匹曼，芝加哥學派的偵探〉，作者約翰・海寧二世（John R. Haring, Jr.）為這本書的教育與娛樂價值歡呼，他說：「有個比較不痛苦的方法，讓你學習經濟學原理，科學家們最近已經發現，如何將它們藏在冰淇淋裡的方法。」這篇書評揭露了馬歇爾・傑逢斯那其實不太神祕的身分之謎，給了這本書好的開始。書店訂單湧入「Thomas Horton and Daughters」出版社，尤其是紐約地區，銷售量極佳。在這本書開始成為經濟學入門課程的輔助教科書後，更因為這個新利基而大為暢銷。在專業經濟學期刊上的其他書評大多給予好評，只不過也有些負面的聲音。其中之一是傅利曼之子大衛・傅利曼（David Friedman），他在《公共選擇》（*Public Choice*）上寫了篇批評的文字。布瑞特和艾辛格以他們的假名也寫了一篇回應投進該期刊。傅利曼沒有再答覆。

布瑞特與艾辛格的小說出版後，最令他們驚喜感動的是書迷的來信，有些爭論謎題解答，有些探討技術細節，有些則只想表達讚賞之意。附帶的收穫出乎預期，因為他們在出版非小說類作品後，向來不會有這些來信，尤其是非經濟學家寄來的信件，這些信給他們信心，證實有人確實讀了他們的書，也很喜歡這本書，或者至少是夠把它當一回事，而花工夫寫信。

剛開始有封信是書中影射的傅利曼本人寫來的。「很高興在書中間接扮演一個無人知曉的角色。」他如此寫道。另一封信來自德州的某讀者，他很溫和但也堅定地告訴作者，自動手槍才有安全閥，左輪槍沒有。作者有幸在目前的版本上作此更正。更令人欣喜的，是匹茲堡某位經濟學家來信，想向馬歇爾・傑逢斯致謝，她那非經濟學家的丈夫似乎很難與她溝通，因為他老是無法理解她的思考方式。她給了他一本《邊際謀殺》，於是保住了他們的婚姻。或許最令人感動的信，是來自凱伊・詹姆士（Kaye D. James），他是范德堡大學（Vanderbilt University）的研究生，在讀這本小說前，已經讀過布瑞特和艾辛格在《法律與經濟學期刊》（*Journal of Law and Economics*）上的一篇文章，他在閱讀這本偵探小說的謀殺案時，對阿爾佛・布雷拉克（Arvel Blaylock）這名字感到很熟悉，就是那位在月桂灣蔗園飯店負責駕駛格蘭班克號的船長。這位觀察入微的學生說得對，那篇文章裡，阿爾佛・布雷拉克是某公司老闆的名字，這家公司位在阿肯色州的羅斯維爾市（Russellville），名為羅斯維爾罐頭公司，他在一個判例中，以反托拉斯法控告美國罐頭公司。布瑞特和艾辛格借用布雷拉克的名字，做為小說中船長的名字，卻從沒想到策略會被拆穿。最具爭議性的信件，則是來自俄亥俄州的一所小型大學，一個個體經濟學的班級，指控馬歇爾・傑逢斯有「性別歧視」，這門課的師生對佩吉・史匹曼這角色尤其不滿，她在小說裡得到的對待，像是她的智商比不上她的丈夫。馬歇爾・傑逢斯客氣地反駁這項指控，指出亨利・史匹曼是被描繪成比其他在月桂灣的任何人都來得聰明，無論男人女人，就像福爾摩斯需要華生醫生來烘托他的思考與發現，亨利・史匹曼的華生醫生就是妻子佩吉，這個文學性的設計，難免讓偵探的同伴與他相比顯得遜色些，無關性別。

《邊際謀殺》的成功，使得麻省理工學院出版社（MIT Press）找上布瑞特與艾辛格，談到是否可能再寫續集，而這將會是大學出版社出版推理小說的首例。這個條件令人無法抗拒，於是亨利・史匹曼在一九八五年重出江湖，在《致命的均衡》（*Fatal Equilibrium*）中登場。一年後，Ballantine 出版社出版了大量發行的平裝本。馬歇爾・傑逢斯發覺，看著自己的平裝本作品放在機場報架上，你很難找到什麼比這更令人滿足的樂趣了。該書經翻譯後，在日本成為暢銷書，出版後短短幾個月便售出五萬本。

馬歇爾・傑逢斯接下來要做什麼呢？現在宣布即將問世的曠世傑作並不會太早，其中亨利・史匹曼將再次展現經濟推理的力量，對抗一個殘忍的惡棍。至少可以這麼說，無論傑逢斯為這位業餘偵探記錄多少新的經驗，亨利・史匹曼這初出茅蘆的歷險記，也就是這位矮小的教授在月桂灣遭逢及破解的疑案，在他心目中將永遠佔有一席之地。

馬歇爾・傑逢斯（Marshall Jevons）

一九九三年四月一日

經濟新潮社 〈自由學習系列〉

書號	書名	作者	定價
QD1001	**想像的力量：**心智、語言、情感，解開「人」的祕密	松澤哲郎	350
QD1002	**一個數學家的嘆息：**如何讓孩子好奇、想學習，走進數學的美麗世界	保羅・拉克哈特	250
QD1003	**寫給孩子的邏輯思考書**	苅野進、野村龍一	280
QD1004	**英文寫作的魅力：**十大經典準則，人人都能寫出清晰又優雅的文章	約瑟夫・威廉斯、約瑟夫・畢薩普	360
QD1005	**這才是數學：**從不知道到想知道的探索之旅	保羅・拉克哈特	400
QD1006	**阿德勒心理學講義**	阿德勒	340
QD1007	**給活著的我們・致逝去的他們：**東大急診醫師的人生思辨與生死手記	矢作直樹	280
QD1008	**服從權威：**有多少罪惡，假服從之名而行？	史丹利・米爾格蘭	380
QD1009	**口譯人生：**在跨文化的交界，窺看世界的精采	長井鞠子	300
QD1010	**好老師的課堂上會發生什麼事？**——探索優秀教學背後的道理！	伊莉莎白・葛林	380

經濟新潮社 〈經濟趨勢系列〉

書號	書名	作者	定價
QC1001	**全球經濟常識100**	日本經濟新聞社編	260
QC1003X	**資本的祕密**：為什麼資本主義在西方成功，在其他地方失敗	赫南多·德·索托	300
QC1004X	**愛上經濟**：一個談經濟學的愛情故事	羅素·羅伯茲	280
QC1014X	**一課經濟學**（50週年紀念版）	亨利·赫茲利特	320
QC1016X	**致命的均衡**：哈佛經濟學家推理系列	馬歇爾·傑逢斯	300
QC1017	**經濟大師談市場**	詹姆斯·多蒂、德威特·李	600
QC1019X	**邊際謀殺**：哈佛經濟學家推理系列	馬歇爾·傑逢斯	300
QC1020X	**奪命曲線**：哈佛經濟學家推理系列	馬歇爾·傑逢斯	300
QC1026C	**選擇的自由**	米爾頓·傅利曼	500
QC1027X	**洗錢**	橘玲	380
QC1031	**百辯經濟學**（修訂完整版）	瓦特·布拉克	350
QC1033	**貿易的故事**：自由貿易與保護主義的抉擇	羅素·羅伯茲	300
QC1034	**通膨、美元、貨幣的一課經濟學**	亨利·赫茲利特	280
QC1036C	**1929年大崩盤**	約翰·高伯瑞	350
QC1039	**贏家的詛咒**：不理性的行為，如何影響決策	理查·塞勒	450
QC1040	**價格的祕密**	羅素·羅伯茲	320
QC1041	**一生做對一次投資**：散戶也能賺大錢	尼可拉斯·達華斯	300
QC1043	**大到不能倒**：金融海嘯內幕真相始末	安德魯·羅斯·索爾金	650
QC1044	**你的錢，為什麼變薄了？**：通貨膨脹的真相	莫瑞·羅斯巴德	300
QC1046	**常識經濟學**：人人都該知道的經濟常識（全新增訂版）	詹姆斯·格瓦特尼、理查·史托普、德威特·李、陶尼·費拉瑞尼	350
QC1047	**公平與效率**：你必須有所取捨	亞瑟·歐肯	280
QC1048	**搶救亞當斯密**：一場財富與道德的思辯之旅	強納森·懷特	360
QC1049	**了解總體經濟的第一本書**：想要看懂全球經濟變化，你必須懂這些	大衛·莫斯	320
QC1050	**為什麼我少了一顆鈕釦？**：社會科學的寓言故事	山口一男	320

經濟新潮社　〈經濟趨勢系列〉

書　號	書　　名	作　　者	定價
QC1051	**公平賽局**：經濟學家與女兒互談經濟學、價值，以及人生意義	史帝文・藍思博	320
QC1052	**生個孩子吧**：一個經濟學家的真誠建議	布萊恩・卡普蘭	290
QC1053	**看得見與看不見的**：人人都該知道的經濟真相	弗雷德里克・巴斯夏	250
QC1054C	**第三次工業革命**：世界經濟即將被顛覆，新能源與商務、政治、教育的全面革命	傑瑞米・里夫金	420
QC1055	**預測工程師的遊戲**：如何應用賽局理論，預測未來，做出最佳決策	布魯斯・布恩諾・德・梅斯奎塔	390
QC1056	**如何停止焦慮愛上投資**：股票＋人生設計，追求真正的幸福	橘玲	280
QC1057	**父母老了，我也老了**：如何陪父母好好度過人生下半場	米利安・阿蘭森、瑪賽拉・巴克・維納	350
QC1058	**當企業購併國家（十週年紀念版）**：從全球資本主義，反思民主、分配與公平正義	諾瑞娜・赫茲	350
QC1059	**如何設計市場機制？**：從學生選校、相親配對、拍賣競標，了解最新的實用經濟學	坂井豐貴	320
QC1060	**肯恩斯城邦**：穿越時空的經濟學之旅	林睿奇	320
QC1061	**避稅天堂**	橘玲	380

經濟新潮社　〈經營管理系列〉

書號	書名	作者	定價
QB1097	**我懂了！專案管理**（全新增訂版）	約瑟夫·希格尼	330
QB1098	**CURATION策展的時代：** 「串聯」的資訊革命已經開始！	佐佐木俊尚	330
QB1099	**新·注意力經濟**	艾德里安·奧特	350
QB1100	**Facilitation引導學：** 創造場域、高效溝通、討論架構化、形成共識，21世紀最重要的專業能力！	堀公俊	350
QB1101	**體驗經濟時代**（10週年修訂版）： 人們正在追尋更多意義，更多感受	約瑟夫·派恩、 詹姆斯·吉爾摩	420
QB1102	**最極致的服務最賺錢：** 麗池卡登、寶格麗、迪士尼都知道，服務要有人情味，讓顧客有回家的感覺	李奧納多·英格雷利、麥卡·所羅門	330
QB1103	**輕鬆成交，業務一定要會的提問技術**	保羅·雀瑞	280
QB1104	**不執著的生活工作術：** 心理醫師教我的淡定人生魔法	香山理香	250
QB1105	**CQ文化智商：**全球化的人生、跨文化的職場——在地球村生活與工作的關鍵能力	大衛·湯瑪斯、 克爾·印可森	360
QB1106	**爽快啊，人生！：** 超熱血、拚第一、恨模仿、一定要幽默——HONDA創辦人本田宗一郎的履歷書	本田宗一郎	320
QB1107	**當責，從停止抱怨開始：**克服被害者心態，才能交出成果、達成目標！	羅傑·康納斯、 湯瑪斯·史密斯、 克雷格·希克曼	380
QB1108	**增強你的意志力：** 教你實現目標、抗拒誘惑的成功心理學	羅伊·鮑梅斯特、 約翰·堤爾尼	350
QB1109	**Big Data大數據的獲利模式：** 圖解·案例·策略·實戰	城田真琴	360
QB1110	**華頓商學院教你活用數字做決策**	理查·蘭柏特	320
QB1111C	**V型復甦的經營：** 只用二年，徹底改造一家公司！	三枝匡	500
QB1112	**如何衡量萬事萬物：**大數據時代，做好量化決策、分析的有效方法	道格拉斯·哈伯德	480

經濟新潮社 〈經營管理系列〉

書號	書名	作者	定價
QB1114	**永不放棄**：我如何打造麥當勞王國	雷・克洛克、羅伯特・安德森	350
QB1115	**工程、設計與人性**：為什麼成功的設計，都是從失敗開始？	亨利・波卓斯基	400
QB1116	**業務大贏家**：讓業績1＋1＞2的團隊戰法	長尾一洋	300
QB1117	**改變世界的九大演算法**：讓今日電腦無所不能的最強概念	約翰・麥考米克	360
QB1118	**現在，頂尖商學院教授都在想什麼**：你不知道的管理學現況與真相	入山章榮	380
QB1119	**好主管一定要懂的2×3教練法則**：每天2次，每次溝通3分鐘，員工個個變人才	伊藤守	280
QB1120	**Peopleware**：腦力密集產業的人才管理之道（增訂版）	湯姆・狄馬克、提摩西・李斯特	420
QB1121	**創意，從無到有**（中英對照×創意插圖）	楊傑美	280
QB1122	**漲價的技術**：提升產品價值，大膽漲價，才是生存之道	辻井啟作	320
QB1123	**從自己做起，我就是力量**：善用「當責」新哲學，重新定義你的生活態度	羅傑・康納斯、湯姆・史密斯	280
QB1124	**人工智慧的未來**：揭露人類思維的奧祕	雷・庫茲威爾	500
QB1125	**超高齡社會的消費行為學**：掌握中高齡族群心理，洞察銀髮市場新趨勢	村田裕之	360
QB1126	**【戴明管理經典】轉危為安**：管理十四要點的實踐	愛德華・戴明	680
QB1127	**【戴明管理經典】新經濟學**：產、官、學一體適用，回歸人性的經營哲學	愛德華・戴明	450
QB1128	**主管厚黑學**：在情與理的灰色地帶，練好務實領導力	富山和彥	320
QB1129	**系統思考**：克服盲點、面對複雜性、見樹又見林的整體思考	唐內拉・梅多斯	450
QB1130	**深度思考的力量**：從個案研究探索全新的未知事物	井上達彥	420

國家圖書館出版品預行編目資料

邊際謀殺：哈佛經濟學家推理系列／馬歇爾·傑逢斯（Marshall Jevons）著；江麗美譯. -- 二版. -- 臺北市：經濟新潮社出版：家庭傳媒城邦分公司發行, 2016.06

面；　公分. --（經濟趨勢；19）

譯自：Murder at the margin : a Henry Spearman mystery

ISBN 978-986-6031-89-2（平裝）

874.57　　105009060